ベリーズ文庫

ループ10回目の公爵令嬢は王太子に溺愛されています

真崎奈南

JN030596

STARTS
スターツ出版株式会社

目次

ループ10回目の公爵令嬢は王太子に溺愛されています

一章、人生十回目突入 …… 8
二章、試練のとき …… 65
三章、心、傾く …… 124
四章、思い出の場所での再会 …… 182
五章、まだ見ぬ未来へ …… 241

特別書き下ろし番外編
結婚式のその前に …… 296

あとがき …… 344

Character Introduction

アルベルト・オーウェン

カークランド大国の王太子。高貴で近寄り難い身分だが、親しみやすくおごったところがない、見目麗しき好青年。

ロザンナ・エストリーナ

好奇心旺盛で元気な才色兼備の公爵令嬢。王太子の花嫁候補になるも、死亡エンド。9回人生を繰り返している。

ループ10回目の公爵令嬢は王太子に溺愛されています

ダン・エストリーナ

優しくて過保護なロザンナの兄。剣術に優れていて、王立騎士団に属している。

スコット・エストリーナ

ロザンナの父で宰相。妻とともに事故(!?)で亡くなる。娘を溺愛して止まない。

ルイーズ・ゴダード

一緒にアカデミーに通うロザンナの親友。色恋より魔法薬作りに興味津々で!?

マリン・アーヴィング

王太子妃最有力候補の伯爵令嬢。アルベルトに猛烈アピールしているけれど!?

アーヴィング宰相

マリンの父。ロザンナの父の死後、宰相になる。腹黒く、コネに頼っている。

メロディ先生

アカデミー妃教育クラスの責任者。厳しく指導するけど、実は生徒思いで…!?

リオネル

ゴルドンの弟子。真面目でアカデミーに入学して聖魔法師になるのが目標。

ゴルドン

ロザンナがお世話になっている診療所の所長。元師団長で治癒魔法に長けている。

ループ10回目の公爵令嬢は
王太子に溺愛されています

一章、人生十回目突入

大国、カークランド。華国《はなこく》とも呼ばれるほどに、温暖な気候のもと各地にさまざまな花が咲き乱れているとても美しい国。

花を育て売る花業はもちろんのこと、国の西部や南部は農業に林業、北部は海にも面していて漁業も盛んだ。

もっとも栄えているのは、東部に位置する王都マリノヴィエ。オーウェン国王一家が住むバロウズ城を中心に国政を展開している、カークランドの心臓部とも呼べる街である。

堅牢な存在感を放つ古城をはじめ、マリノヴィエには全国的に名を知られているものが多い。美麗なステンドグラスのある教会、人々の目を楽しませる中央広場のからくり時計、そして、秀でた者のみが入学を許されるマリノヴィエアカデミー。

各地に学校は存在し、基本的なことはそこでも十分学べるが、剣術、薬術に魔術など、より高度に学べるのがこのアカデミーなのである。

一、二年生はそれぞれが有する火や水などの魔力ごとにクラス分けがなされ、最終学年である三年時には、医療や薬学に武術などをより専門的に学ぶこととなる。

卒業生のみが王属の専門機関で働け、それを希望して多くの者がアカデミーの門を叩くが入学試験は当然厳しく、さらに進級するのも難しいため、毎年脱落者が大勢出る。

そんなエリート学校である一方、時としてここは別の役目を担うこともある。

それは妃教育である。王族のマナー、相応しい振る舞いや心構えなどを学ぶべく、王子がアカデミーに入学すると同時に候補に上がっていた娘たちも招集されるのだ。

そのため一般的な入学資格としては、中級院を卒業し、十七歳を迎えて以降とされているが、招集される娘たちの年齢はバラバラ。

しかし、多くの中から選ばれたという点で変わりはなく、娘たちもまた胸を張ってアカデミーの門をくぐる。

妃教育を受けるのは一年間。年度の最後に行われる卒業パーティーで、王子本人の口から、花嫁に選んだ娘の名前が告げられる。

そして今、そのパーティーが始まろうとしている。

色鮮やかな宝石をあしらった煌《きら》びやかなドレスを身にまとう花嫁候補の娘たちが、第一王子であるアルベルトが大広間に姿を現す瞬間を胸を高鳴らせて待つ中、ロザンナ・エストリーナは警戒心いっぱいに目を光らせ、機敏に室内を見回していた。

大広間には花嫁候補たちのほかにアカデミーの生徒たちの姿もあり、人でひしめき合っている状態。

横からポンと肩を叩かれ、「ひっ！」とロザンナは小さく悲鳴をあげる。しかし、相手が友人のルイーズだとわかり、安堵のため息を盛大についた。

「もう、びっくりさせないでよ！」

「なによそのため息。こっちがびっくりだわ。さっきから挙動不審でおかしいし、まるでこの前一緒に観劇した……あの役みたい」

「あぁ、モンスターに追い詰められて最後に殺されたやつね。たしかに私、ヒロインと同じ心境」

「いや、似ているのはヒロインじゃなくてモンスターの……」

聞き捨てならない台詞が続きそうで、ロザンナはじろりと見やる。ルイーズはすぐさま言葉を途切らせ、大きな咳払いで自分の言葉をなかったことにした。

「とにかく馬鹿なこと言ってないで、マリンを見習ってしゃんとしていなさいよ。仮にもあなたは花嫁の最優秀候補者なんだから」

ぴしゃりと注意されるも、ロザンナに背筋を伸ばす様子はない。逆に、頭を抱えてうなだれる。

「最優秀候補者だなんて本当に信じられない。なんで私、最後の最後でいい成績取っちゃったんだろ。マリン推しを貫き通して、煽《あお》らず騒がず穏便にここを卒業するつもりでいたのに」

床に向かって怨嗟《えんさ》のごとくボソボソ呟いていると、「ロザンナさん！」と声がかかる。ロザンナは顔を上げ、ぎょっと身をのけぞらせた。

目の前には十人近い花嫁候補たち。揃ってキラキラした目でロザンナを見つめている。

「そんなに不安な顔をなさらないで。きっと大丈夫ですわ。選ばれるのはロザンナさんに決まっています」

「気品に満ちあふれ、所作振る舞いは完璧、ロザンナさんこそアルベルト王子の花嫁に、未来の王妃に相応しいお方ですわ」

「見目麗しいアルベルト王子の隣に並んでも引けを取らないのは、女神とロザンナさんだけです」

「もはやロザンナさんそのものが女神ですもの」

口々に褒め称える彼女たちにロザンナは真顔になる。いったい誰のことを言っているのかと浮かんだ疑問に、やや間を置いてから、ああ私のことかと脳内で答えを導き出す。

　ロザンナはすっと姿勢を正し、彼女たちに微笑みかけた。そしてあえて周りにもしっかり聞こえる音量で話しかける。

「皆ありがとう。でも、アルベルト王子の心はすでに決まっているご様子ですから……ってあの、聞いてますか？」

　問いかけるも、彼女たちは頬を赤く染めて惚《ほう》けた顔でロザンナを見つめている。

「本当にロザンナさんはお美しい」

　再び彼女たちが賛辞を口にし始めたためロザンナは困り顔になる。その一方、心の中で「人の話を聞きなさい！」と怒りの雄叫びを盛大にあげた。

「艶やかなブロンドの髪に、澄んだ湖面を思い起こさせる青い瞳、陶器のような白い肌。水色のドレスで華やかさが増して、本当に素敵。この美しさには誰も敵いませんわ」

　そう発言した女性の目がそれほど離れていないところにいる人々に向けられ、表情に悪意が滲《にじ》みだす。

　話の矛先が変わったのを感じ取り、「待ってください」と慌ててロザンナが口を挟んだが、悪意はいともたやすく伝染した。

「本当に。鏡を見たら誰でも気づくことなのに、まったくどうしてあの方はロザンナさんと張り合えると思ってしまったのかしら」

「本当よね。なんて身の程知らずなのかしら」

「お父様が宰相をされていて、力がおありだからでしょ？　あの方だけ、王子から頻繁にアカデミー外でのデートに誘われていたのも、裏で宰相様が国王様に頼み込んでいたからだと……」

「言葉を慎みなさい」

ロザンナが鋭く言い放ち、やっと彼女たちは口を噤《つぐ》んだ。

「そんなものただの噂でしかありません。それに、街からお戻りになったときのおふたりをご覧になりまして？　私にはとっても幸せそうに見えました。それがすべてです」

ハッキリとロザンナから真実を告げられても、彼女たちは納得できない様子で「でも」とか「けど」などと不満を燻《くゆ》らせる。

それでも悪意の言葉はひとまずのみ込んでくれたことに、ロザンナはホッと胸をなで下ろす。

これ以上、悪口を言い続けさせるわけにはいかなかった。なぜなら、数分後に彼女たちはロザンナについたことを後悔するからだ。

室内に響かせるように大きく手が叩かれ、ロザンナはハッとし目を向ける。手を叩いたのは扉の近くにいた学長で、集まった花嫁候補たちの視線を一身に浴びながら卒業パーティーの始まりを告げる。

「アルベルト王子がいらっしゃいました」

扉のそばに並んだ楽士たちが学長から眼差しで促され、王子を迎え入れるための音楽を奏で始める。

結果は決まっている。それなのに、ほんの少し湧き上がった緊張感に、心の奥底ではわずかに期待していたのを気づかされ、ロザンナは表情を曇らせる。

明るいメロディが響く中、ロザンナは落ち着かないままに視線を移動させて、息をのむ。とある女の子と目が合ったからだ。

茶色の髪と瞳を持ち、薄紫のドレスを身にまとった彼女は、マリン・アーヴィング。向けられた冷たい眼差しに身体を竦ませると、すぐに彼女の表情が変化した。にこりと笑いかけられ、ロザンナもなんとか微笑み返す。

そのままマリンは顔を逸らしたが、彼女を取り巻く花嫁候補たちが睨《にら》んでくるため、ロザンナは心の中でため息をつく。

約一年前、アルベルト王子の花嫁候補としてアカデミーにやってきたのが約四十名。すべてが爵位を持つ家に生まれた令嬢たちだ。しかし、今はその半分ほどの人数しか残っていない。

マナー講師の厳しさについていけなかったり、原則として寮に入るため、共同生活にどうしても耐えられなくなったり、王子の言動から誰を選ぶかのおおよその見当がつき始めると、自分は無理だと判断し諦めたりなど、さまざまな理由から去っていったのだ。

しかし、悟ると同時に目標を変えて残る者もいる。

ロザンナやマリンの周りにいる花嫁候補たちがそうで、彼女らは自分の予想する未来の王妃に取り入っておけば、将来自分の、はたまた自分の家に有益になるかもしれないという考えなのだ。

一ヶ月前まで、花嫁はほぼマリンで決まりだろうと誰もが確信していたのだが、ロザンナがうっかり最終試験でマリン超えの優秀な成績を残して最優秀候補者に選ばれ、それをアルベルトが褒めたことで花嫁候補たちの間で一気に動揺が広がっていった。

現宰相はマリンの父だが、その前の代はロザンナの父、スコットが務めていた。

スコットが二年前に事故で亡くなる以前は国王に深く信頼されていたため、入学当初は花嫁候補として有力なのはロザンナではという声もあがった。

　しかし、その声はすぐに小さくなっていく。ロザンナが積極的にアルベルトにアピールする様子はいっさいなく、逆にほかの候補者に混ざってマリンを応援し始めたからだ。

　ロザンナ自身がアルベルトの花嫁になることを望んでいないのが周りに伝わり、そしてアルベルトもマリンを頻繁にデートへ誘うようになったため、ロザンナが予想から除外されマリン一択となる。

　けれど、最終結果を知ったアルベルトから「よく頑張ったな」と微笑みかけられただけで、いつの間にかロザンナはマリンの対抗馬として担ぎ上げられてしまったのだ。

「気持ちをしっかりね」

　ポンポンと背中を軽く叩かれ、ロザンナはルイーズへと視線を戻した。

「ありがとう。私は大丈夫」

　彼女は取り巻きではなく本物の親友。年上の花嫁候補も多い中、共に十六歳ということもあって、入学当初から仲がよく、ここまでずっと励まし合ってきた。

　誰よりも心を許している彼女に対して笑顔を見せてから、ロザンナは深呼吸してゆっくりと開かれていく扉を睨みつけた。

現れたアルベルト第一王子に女子生徒たちから黄色い声があがる。

ダークブラウンの髪に、同じ色を宿した瞳。目を奪われるほど精悍《せいかん》な面持ちはどことなく甘く、すらりと細長い身体は、男性的なたくましさもしっかりと有している。

彼に愛されたいと切望したときもあったが……それは最初の三回まで。四回目で諦めた。

アルベルトが選ぶのはマリンだと、ロザンナは最初から知っている。

彼が彼女の手を取り愛の言葉を口にする光景を、青い瞳で七回も見続けてきているのだ。繰り返して九回目のこの人生も、アルベルトの出す結論は同じ。きっとなにも変わらない。

人々が避けてできた道をアルベルトが進んでくる。これから己が選んだ花嫁を公表するというのに、表情は厳しく浮かれた様子はまったくない。

アルベルトも一般の生徒に混ざってアカデミーで学んでいる。

見た目だけなら漂う高貴さに近寄りがたく感じるのだが、当の本人は身分の高さを鼻にかけることはない。誠実で努力家というだけでなく、冗談も口にする気さくな面を持っている。

女子生徒の中にはアルベルトに恋をしてしまい、花嫁候補たちに対して嫉妬の目を向けるほど熱狂的な者もいるけれど、ほとんどはアルベルトに対して親しみを感じている。

今日は彼にとって生涯の伴侶を決める幸せな日。

皆そう考えているため、彼の登場に祝福の温かな拍手が沸き起こるも、冴えない表情に気づいて徐々に拍手の音がまばらになっていった。

生徒たちは動揺していても、ロザンナにとっては毎度のこと。過去七回すべて、仏頂面での登場だ。

アルベルトの心のうちは知らない。けれどおそらく、これから囁く愛の言葉を頭の中で唱えているうちに緊張で表情が保てなくなった、まぁそんなところだろう。

彼はこれからマリンの前に立って愛を誓うのだが、その最初のひとことを発するまでに、決まって少しばかり間が空く。

いつもは何事もスマートにしれっとした顔でやってのけるアルベルトだが、公開求婚ともなるとさすがに緊張するらしい。

ロザンナは肩を竦めたあと、近づいてきたアルベルトへと礼を尽くすようにお辞儀をした。

床へと視線を留めたまま、彼が通り過ぎるのを待つ。ロザンナの視界にアルベルトの真新しい靴が映り込み、ピタリと停止した。

なぜ立ち止まったのかとゆっくり視線を上げる。ロザンナの目が捕らえたのは、自分をじっと見つめるアルベルトの顔だった。

これまで一度も私の目の前で立ち止まったことなどなかったのにと、ロザンナがダークブラウンの瞳を不思議に見つめ返していると、すぐそばで「きゃっ」と黄色い声があがった。

取り巻きの女子たちから期待に満ちた眼差しを受け、ロザンナはまさかと息をのむ。選ばれたことがなかったため考えもしなかったが、これはもしかしたら自分が選ばれる流れなのではと、変な緊張感に襲われる。

目線がアルベルトの右手へと落ちていく。本当にそうなら、その手はロザンナに向けられる。

じっと見つめる先で指先がぴくりと動いた。ドキリと鼓動が高鳴るも、……それだけだった。アルベルトはロザンナの前からゆっくりと離れていった。

「今の紛らわしい行動は、なに？」

ロザンナはボソッと呟きながら、まるで呪いでもかけるかのように、離れていくアルベルトの背中へと険悪な眼差しを向ける。

彼が再び足を止めたのは、もちろんマリンの前だった。すっと右手を差し出し、その場で片膝をつく。

求婚のポーズに音楽が止むと、マリンの取り巻きたちは歓喜の声を発する。マリン自身も驚いたように両手を口元に当てて、頬を染めつつアルベルトを見下ろした。

室内がしんと静まり返り、皆が息をのんで王子の次の言葉を待っている。しかし、彼は顔を俯けた状態で身動きひとつせず、なかなか言葉を発さない。

生徒たちがざわめき始め、マリンも動揺を隠しきれなくなったとき、アルベルトの声が響いた。

「私、アルベルト・オーウェンは、マリン・アーヴィングに求婚する。どうか私の花嫁となってください」

顔を伏せたままそう告げたのち、またほんの少しの間を置いて視線を上げる。

「喜んで」と、マリンがアルベルトの手に色白の手を重ね置いた瞬間、室内に大きな歓声が沸き起こる。

立ち上がった彼の傍《かたわ》らにマリンが寄り添い立つ。皆からの祝福に嬉しそうに手を振って答えるマリンと、静かに微笑むアルベルト。

マリンの取り巻きたちが勝ち誇った顔をロザンナに向けると、ロザンナ側の令嬢たちが私は関係ないといった様子ですぐにその場を離れていった。

彼女たちにとって、選ばれなかったロザンナに用はなく、これ以上、マリンの機嫌を損ねるわけにはいかないのだから仕方ない。

「残念だったね。私はロザンナだと思ってたのにな」

ひとりロザンナの元を離れていかなかったルイーズが、小声で話しかけてくる。誰かに媚びる性格ではないため、それは本心だろう。

ロザンナも周りに同調してふたりへ拍手を送りながら、囁き返す。

「ずっと言ってたでしょ。アルベルト様が選ぶのはマリンさんで、私じゃないって」

納得いかない様子のルイーズに苦笑いを浮かべてから、ロザンナは「さてと」と心の中で呟き、気持ちを切り替える。

ロザンナにとって、花嫁に選ばれないのは当然でいわばどうでもいいこと。ここからが重要なのだ。

これまで繰り返してきた八回の人生。例外は二回ほどあるが、その多くの最期……死は、アルベルトが花嫁を選んだその日に訪れ、もし今日を免れたとしても、遅くとも一ヶ月以内にやってくる。

九回目の人生を全うできるか。それは、今日からの一ヶ月を無事に乗り切れるかどうかにかかっているのだ。

これまでの死因はさまざま。

自ら命を絶ったのは、アルベルトに選ばれず絶望した一回目の人生のみ。

男に刺されて殺されたことが一度あるものの、そのほかは、馬に蹴飛ばされたり、食べ物を喉に詰まらせたり。魔法の流れ弾に直接当たったこともあったし、かろうじてかわしたものの、流れ弾がぶつかったシャンデリアが上から落ちてきて頭を打つなど、不運に見舞われたなんとも情けない死に様である。

危険を回避し、生き伸びたい。誰かを愛し、愛されたい。幸せな人生を送りたい！

そう切望するからこそ、あらためて警戒心を膨らませ、ロザンナは辺りを伺う。どこに死亡理由が転がっているかわからない。

楽士たちによって再び音楽が奏でられ、ロザンナはびくりと身体を強張らせる。

アルベルトとマリンのダンスを見るため人々が動きだし、ロザンナは賑やかさから距離をおくように壁際へと移動する。

楽しそうに踊っている人々をしばらく見つめていると、一緒についてきたルイーズがきょろきょろと室内に視線を走らせ始めたのに気がつき、ロザンナは身構えた。

「お腹空いちゃった。食べ物取ってくるけど、ロザンナはなにがいい？」

「ありがとう。だけど私は大丈夫。まったくお腹空いてないから。気を使って持ってこなくて本当にいいからね」

ロザンナから言い聞かせるように断られ、ルイーズは面食らう。

だけどすぐに「わかった」と返事をし、「食べないなんてもったいないわね」とぼやきながら料理が置かれたテーブルへと歩いていく。

ロザンナはホッと息をつく。お腹がまったく空いていないわけじゃない。しかし、前にルイーズが持ってきてくれた料理を喉に詰まらせ死亡しているため、とてもじゃないが食べる気になれないのだ。

室内に馬はいないし、天井が落ちてきて頭に当たらない限り、死ぬことはない。

あとは、楽しくなって魔法を使ってはしゃぎだす馬鹿が現れないのを願うのみ。

ロザンナが両手の指を組んで祈りを捧げていると、ゆらりとひとりの男性が近づいてきた。

「ロザンナさん！」

呼びかけられると同時に小さく叫んで、ロザンナはあとずさる。

「ぼ、ぼ、僕と、踊ってくれませんか？」

「お、踊ってって……私とですか？」

「はい！　これまでは、王子の花嫁候補であるあなたに近づいてはいけないと我慢していましたが……以前からお慕い申し上げておりました！　あなたがアカデミーを離れる前に、最後の思い出をどうか僕に！」

熱烈な告白に唇を引きつらせながら、ロザンナはそう言えばと思い出す。

男性の名前は知らないし、言葉を交わしたこともないのだが、がたいが大きいその姿は何度も目にしていて、覚えている。しつこく跡をつけられ、とても気味が悪かった。

「お願いします」と差し出された手に、きっとこれだと恐怖を募らせる。

男性からの誘いを受けてダンスをしたことはあっても、このような告白など今まで経験していない。

だからきっと、この手を取るか取らぬかが、生きるか死ぬかの分かれ道だろう。

できれば踊りたくない。けど、生き延びられるなら喜んで踊る。どっちだろう。男の手を険しい顔で凝視していると、「待ってくれ」と違う声がかかった。

男性が数人集まってきて、「俺もロザンナさんと踊りたい！」と口々に訴えかけてくる。

ロザンナはその光景に目を見張る。しかし唖然としたのはほんの一瞬で、モテ期到来の予感にこの調子なら九回目にして結婚できるかもと気持ちが舞い上がる。

ここは絶対に選択を誤ってはいけない。

絶対に見極めてみせるとロザンナがさらに慎重になったとき、「お前は引っ込んでろ」とか「俺が先に踊る」などと男性たちの間に険悪な空気が漂い始めた。

ロザンナは焦りと共に、「わかりました！」と声をあげる。

「皆さんと踊らせていただきますから、順番に並んでください。絶対に喧嘩しちゃだめですからね」

女神の微笑みに、男性は揃って口元をゆるめて「はい！」と返事をする。ロザンナは笑顔の裏に警戒心を隠し、最初に声をかけてきた男の手を取った。

結局ロザンナがダンスから解放されたのは、パーティーの終了時刻だった。

たしか最初は五人ほどしかいなかった。しかし、五人と踊り終えてもダンスの順番待ちの列はなくならず、むしろ長蛇の列と化していたのだ。

「はぁ。疲れた」

ふらふらと大広間を出て、寮に向かって歩きだす。びくびくしながらダンスをしていたため疲労感は半端ないのだが、命を繋ぎ止められていることに徐々に口元がゆるんでいった。

このまま生き延びられたらこれが三度目となり、一度目や二度目と同じく人生を全うできるかもしれない。

まだまだ警戒は必要だけれど、できたらこの先は、死の恐怖に怯えすぎることなく人生を楽しみたい。

アカデミーを卒業したらまずはなにをしよう。

浮かれた頭でそんなことを考えるが、社交界に顔を出して伴侶探しに勤しむくらいしか思い浮かばず、ロザンナはルイーズがちょっぴりうらやましくなる。

彼女は卒業せず、そのままここで魔法の勉強を続けることになっている。

名家の生まれで優秀だったため花嫁候補にあげられたが、本人は色恋よりも魔法薬作りのほうに興味があり、その才能も持ち合わせていた。

ルイーズはいずれの人生でも必ず、アカデミーに来て早々、アルベルトに学びたいと相談する。王子もルイーズを自分の結婚相手というよりは優秀な人材として見ているらしく、一般の授業を受けるための試験を素早く手配した。その後ルイーズは見事に合格し学ぶ権利を得るのだ。

幸せな結婚がしたい。だから伴侶探しは重要だけれど、できたらルイーズのように夢中になれるものも見つけたい。それがあったら人生がさらに楽しくなるはずだ。

今後の目標に向けて、「よし！」と拳を握りしめて気合を入れる。にこやかに大階段を下りようとしたとき、「ロザンナさん」とうしろから声をかけられた。

驚き足を止めて、呼びかけてきた彼女……マリンへと、ロザンナは身体を向ける。

少し前に、彼女が温かな拍手に見送られて、アルベルトと一緒に大広間を出ていくのを目にしている。まさかふたりで嫌味でも言いに来たのかと眉根を寄せたが、どうやらこの場には彼女しかいないようだった。

じっと見つめ合い数秒後、ロザンナはハッとしお辞儀をする。今はもう、彼女は王子の婚約者。気軽に接していい相手ではない。

「マリン様。アルベルト王子とのご婚約、おめでとうございます」

頭を下げた状態でじっとしていると、「顔を上げてちょうだい」と話しかけてくる。

しかしロザンナはその声音に引っかかりを感じ、すぐには動けなかった。やや間を置いてからゆっくりと上半身を起こして、探るような眼差しをマリンに向ける。

少し顎を反らして自分を見下ろすマリンの眼差しは先ほどの声音と同じように高圧的で、ロザンナの心に怯えが広がっていく。

「アルベルト様はあなたではなく私を選んだ。この事実をちゃんと理解されていますよね？」

「え、ええ。もちろんです。ですから私は先ほどおめでとうございますと、祝福の言葉を述べさせていただきました」

わざわざなにを確認しにきたのだろうかと不思議に思うロザンナに、マリンがゆっくり歩み寄ってくる。

「それならあなたはどうして……、アルベルト様の花嫁になるのが叶わなかったというのに、そんなに楽しそうに笑っていられるの？」

「わ、私、笑っていましたか？」

「それはもう満面の笑みで男たちと踊っていたじゃない。皆が私とアルベルト様よりもあなたに注目してしまうほどに」

ムッとした顔とトゲのある言い方から、ロザンナはマリンの心の内が見えた気がして、失敗したと眉根を寄せる。

今日の主役は自分なのに、それよりも目立っていたロザンナが気に入らないのだろう。

もちろん、ロザンナにそんなつもりはまったくない。むしろ終わりが見えないダンスを苦行だと思って耐えていたくらいである。

しかしそう説明したところで、嫌がらせをされたと不満いっぱいになっているマリンは納得しないだろう。

「アルベルト王子がお選びになるのはマリン様だとわかっていましたし、当然の結果として受け止めております。それに祝いの場には、暗い顔より明るい笑顔のほうが相応しいですわ」

邪魔をしたわけではない。それをわかってもらいたくてロザンナは必死に言葉を並べたが、マリンの表情の曇りを晴らすことはできなかった。

「なぜ、ご自分が選ばれないとわかっていらっしゃったの？」

この人生が九回目だからですと正直に言えるはずもなく、ロザンナはマリンの冷めた眼差しから目を逸らす。

これまで繰り返してきた人生は、ロザンナの選んだ選択によってどれも微妙に異なっているが、変わらない点もある。

そのひとつが、アルベルトがマリンを花嫁に選ぶところだ。変わらない。いや、変えられないものという前提で、この九回目もロザンナは生きてきた。

どう返したらいいか考えを巡らせていたが、マリンのスッと息を吸い込む音が耳につき、ロザンナは視線を戻す。怒りに満ちた顔に背筋が震えた。

「それは、今日は選ばれないとわかっていたということかしら。正妃は無理でも第二妃にはなんて約束でもしていたのなら、ほかの男とも楽しめるわよね」

「まさか、誤解です！」

「ならどうして、あなたはあんなに熱心に妃教育を受けていらしたの？　必要ないはずよ」

それもさっきと一緒で、ロザンナ自身は熱心に学んでいたつもりはない。

しかし悲しいかな、同じことだけを繰り返し学んでいるせいで、講義の内容はすっかり頭に入ってしまっている。

それをマリンは、ロザンナが必死に努力した結果だと勘違いしているのだろう。

瞬間、ロザンナはもしかしてと思いつく。まさにその勘違いが今回最優秀候補者に選ばれてしまった理由かもしれないと。

最優秀候補者は、最終試験の点数はもちろんのこと、一年を通しての意欲や態度への評価もあわせて決められる。きっと講師の目にもロザンナはそのように見えていたのだ。

そうじゃないのにと頭をかきむしりたくなる衝動を必死に堪えて、ロザンナは訴えかける。

「たとえ第二妃でも、王族の妃は私には荷が重すぎます。もちろんそんな話もありませんし、アカデミーに来てからアルベルト様とは挨拶程度しか言葉を交わしておりませ……」

「そんなの信じない！」

腕をきつく掴《つか》む乱暴な力と響いた金切り声に、ロザンナは言葉を失う。唖然としたまま、マリンの怒りに満ちた目を見つめ返す。

「あまり感情を荒立てないアルベルト様が、今日は不機嫌でした。男性と楽しそうに踊るあなたの姿を、嫉妬にかられた様子で見つめておられました」

「アルベルト様が？　勘違いですよ。そんなはずが……」

その瞬間、ロザンナの顔から血の気が引いていく。アルベルトが自分に対してそんな態度をとったことなどこれまで一度もない。

しかしそれだけじゃなかった。よく考えたら、こうしてパーティー後にマリンに呼び止められたり、感情をぶつけられたりするのも初めてだ。

乗り切ったと思い込んですっかり油断していたが、もしかしたら生きるか死ぬかの分かれ道は、過酷ダンスではなく今なのかもしれない。

そう考えた途端、自分が立っている場所が怖くなる。常々急だと感じていた大階段の上。ここから落ちでもしたら……。

「手っ、手を離してください！」

距離をおきたい。ロザンナはその一心で、自分の腕を掴むマリンの手を振りほどこうとするもなかなか離れず、焦りと恐怖が膨らみだす。

「いずれ、二番目三番目と妃が迎えられるのは覚悟の上。けれどどうしてもあなただけは嫌。正妃は私、アルベルト様からの寵愛《ちょうあい》を受けるのも私です！」

振り払えないどころか、爪が食い込むほどの力で両腕を掴まれてしまい、ロザンナの動きも制御される。憤りをぶつけるかのごとく、マリンがロザンナを揺さぶりにかかった。

「やめてください！　お願いです、マリンさん！」

「早くいなくなって。私とアルベルト様の目の前から、今すぐに！」

ロザンナは小さく悲鳴をあげる。なんとか逃げたくてじりじりと後退していた右足がズッと階段から滑り落ち、ロザンナの身体がぐらりと大きく傾いた。

急勾配の階段を見下ろしロザンナが恐怖に慄《おのの》くのと、あれほどしっかり掴んでいたマリンの手から力が抜けたのはほぼ同時だった。

しかも、まるで均衡が崩れるのをあと押しするかのように、その手がロザンナを軽く押した。

冷めたマリンの顔を視界に宿しながら、ロザンナは諦めの気持ちと共に落ちていく。

全身を打ちつけながら長い階段を転げ落ち、下りきったそこに鎮座する初代学長の胸像が飾られた台座にぶつかる。

呻き声をあげながら霞む視界を天井へと向けると同時に、ロザンナを次なる痛みが襲う。

胸像の頭部がロザンナを狙うように落下し、続いた寒気を覚えるくらい大きな鈍い音に、上から見下ろしていたマリンの顔が驚愕と動揺で青白くなる。

「ロ、ロザンナさん！」

繰り返されるマリンの焦り声と、階段を駆け下りてくる足音が徐々に遠のいていく。

終わった。暗転する世界に飲み込まれていく中で、ロザンナはそう確信した。

例えるなら、真っ暗な水の中を漂っていた身体が、ふたつの温かい大きな手ですくい上げられ、真っ白で柔らかな小羽を敷き詰めたカゴの中へと移し替えられたような……。

ロザンナは温かなベッドの中で、ゆっくりとまぶたを持ち上げた。ぼやけた世界が徐々にハッキリと形をなしていく。

「……様。……ロザンナ様っ！」

間近で呼びかけられ、ハッと目を見開いた。今にも泣きだしそうな顔で自分を見下ろしているのは侍女のトゥーリ。

パーティーに付き添い人は不可なため顔を見るのは数時間ぶりだが、ロザンナにはなんだかとっても懐かしく思えた。

「ロザンナお嬢様。お気づきになられて本当によかった」

トゥーリはベッドのそばに膝をついてロザンナの右手を両手で包み込み、目を涙でいっぱいにして震える声で囁きかけてくる。

「大丈夫よ」と言いかけて、黙り込む。自分の手に視線を留め、湧き上がった違和感に眉根を寄せた。

眼球だけをキョロキョロ動かしたあと、力尽きるように目を閉じる。そのままロザンナは、不貞寝《ふてね》でもするかのように小さな左手で引き上げたブランケットに潜り込む。

「ロザンナお嬢様、どうかしましたか？　どこか具合が悪いのですか？　お嬢様！　ああ、どうしましょう。誰か！　誰かいませんか！」

ドアの開閉音と駆け寄ってくる足音を聞きながら、ロザンナはブランケットをぎゅっと握りしめる。

「なにかあったんですか？」

「ロザンナお嬢様が、先ほどお気づきになられたのですが」

「そうかよかった。……もしかしたら、頭を打ったせいでどこかおかしくなったかもしれない。とりあえず父上、母上にロザンナが目覚めたと言いにいってくれませんか？」

「わかりました！」

ぎゅっと掴まれていた右手から温かな手が離れていく。

慌ただしい足音が部屋を出ていきトゥーリの気配が消えると、残った彼がベッドに腰かけてブランケットの上からロザンナの肩に触れる。

「大丈夫か？」

明らかにまだ声変わりをしていないちょっと高めの声に気遣われ、ロザンナはたまらず息を吐く。そしてようやく、現実と向き合うべく勢いよくブランケットを払い除けた。

「……ロ、ロザンナ？」

見下ろすようにベッドに座っている少年は間違いなく兄である。……それも十三歳の。

ロザンナはゆらりと上半身を起こし、「ふっ、ふふっ」と短い笑い声を発する。妹に対して困惑の表情を浮かべた兄へと顔を向け、「ダンお兄様」と虚ろに話しかける。

「私、この人生飽きましたわ」

ロザンナからうんざりと放たれたひとことに兄のダンは目をむき、すぐさまドアに向かって叫んだ。

「父上、母上、早く来て！　ロザンナの馬鹿が悪化した！」

「……ばっ、馬鹿ですって？　聞き捨てなりませんわ！」

ロザンナはダンに掴みかかろうと、小さな手を伸ばす。正確に言うと、十六歳の手と比べたら小さい九歳の手。

「なんだよ、まだ子どものくせに人生飽きたって。突然変なこと言いだすから、頭の打ちどころが悪かったのかもって思うだろ。……って、階段から落ちたのはちゃんと覚えているか？」

ダンはロザンナの手を難なく避けつつ苦笑いを浮かべていたが、徐々に真剣な面持ちへと変化させた。

もちろん覚えている。マリンと揉み合いになって階段から転げ落ち、台座にぶつかり乗っていた胸像が落下し、押しつぶされた。

でもそれは十六歳の出来事。ロザンナはやや間を置いてから、ダンに頷きかける。

「ダンお兄様にお渡ししたいものがあったから、はしゃいで階段を下りていく途中で足を踏み外して、華麗に転げ落ちました」

この場では、九歳の出来事であるこれが正解だ。

「あぁ、たしかに落ちっぷりは見事だった」と言われ、ロザンナは膨れっ面でダンを睨みつける。するとダンは笑みを浮かべながらロザンナを軽く抱きしめ、ホッとした声で続ける。

「クッキー、ありがとう。とってもおいしかった」

感謝の言葉にロザンナは表情を和らげた。この感謝の言葉は十回目だけれど、何度聞いても心が温かくなる。

「籠ごと放り投げてばら撒いてしまったのに、お召し上がりになったのですね」

「俺の誕生日の贈り物として作ったたって料理長に教えてもらったから、つい。全部ロザンナひとりで作ってくれたんだってな」

「はい。それはもう心を込めて。だから早く渡したくて、つい。ダンお兄様、〝十三歳の〟お誕生日おめでとうございます」

ロザンナはダンの言い方を真似して小さな笑い声を挟んでから、お祝いの言葉を口にする。身体を離して笑いかけると、ダンも「ありがとう」と照れ臭そうに微笑み返した。

階段から落ちたあと、母のミリアとトゥーリは顔面を蒼白にし、父のスコットが必死に声をかけ続けたのだと、どれだけ大変だったかを滲ませながらダンが話しだす。たしかその時、ダンは「ロザンナ、死ぬな……」と泣きじゃくっていたはずだ。それを思い出し、鼻水や涙の跡を完全に消し去りなにもなかったような平気な顔をしているダンへ、ロザンナはにやりと笑いかけた。

しかし、そんな表情はすぐに引っ込めて、「心配をかけてしまってごめんなさい」と謝罪の言葉を返したとき、勢いよく扉が開き、両親が部屋になだれ込んできた。

「ロザンナ！　大丈夫か⁉」

スコットがベッドの傍らで片膝をつき、ロザンナと視線の高さを同じにする。ミリアも中腰でスコットの横に並び、「大丈夫？」と心配そうにロザンナを見つめる。

「お父様。お母様」

目の前までやってきた両親の姿に、胸が熱くなる。自然とロザンナの目から涙が零《こぼ》れ落ちていった。

ミリアが慌てて「どこか痛いの？」と問いかけながら、ロザンナの濡れた頬に触れる。

その瞬間、ロザンナは両手を目いっぱい伸ばしてふたりにしがみつき、「平気よ」と声を震わせながらしばらく涙を流し続けたのだった。

その夜は、小さな身体が階段を転げ落ちて受けた痛みと、十六歳の最期の瞬間の記憶に苦しめられてあまり眠ることができなかった。

このままだと気持ちまで弱りそうで、ロザンナは朝食を終えてすぐに庭へと散歩に出た。

エストリーナ公爵邸は王都の南地区にある。塀で囲まれた敷地の中に、二階建ての屋敷と手入れの行き届いた広い庭。

庭には小さいながら噴水もあり、そのそばにはガゼボが建っている。内部には丸テーブルに猫足チェアがふたつ置かれていて、その片方へとロザンナは腰掛けた。

するとすぐに庭師のトムがやってきて、体調を聞くと同時にテーブルに花瓶を置いていった。

花瓶に飾られているのは花弁の大きな赤い花。ロザンナは花へと顔を近づけて、漂ってくる甘い香りで胸を満たすように息を吸い込んだ。

「やっぱりここは落ち着くわ」

テーブルに頬杖をついて、たくさんの花が咲き乱れる庭を目で楽しみながら、ロザンナはうっとりと呟く。

しばらく庭を眺めていると心も落ち着きを取り戻す。ロザンナは次なる課題に取り組むかのような気持ちで、背筋を伸ばし腕を組んだ。

十回目の人生、どんなふうに生きていこうか。

繰り返しの始まりはいつもダンの十三歳の誕生日で、毎回、両親の姿を目にするたび、ロザンナは涙が止まらなくなる。

生きているふたりに再び会えたことへの喜びと、五年後にやってくる避けられない別れに胸が締め付けられるのだ。

自分から両親を奪う事故が憎くて仕方がない。

どうにかして回避できないかといつも考えるも結局はなにもできず、ロザンナは自分の無力さに打ちひしがれることになるのに、今回もやっぱり阻止したいと強く思ってしまう。

両親の死に関しては抗う術のない大きな力が働いているようにしか思えないが、それでもやっぱり諦めきれない。事故を避けられるように今回も力を尽くそう。

まるで神の力が及んでいるのではと毎回感じるのは、アルベルトに関してもだ。

ロザンナがアルベルトと出会うのは、一年後に行われる彼の誕生日パーティー。そのとき彼と親しくなったことで、ロザンナは恋に落ちる。

恋心を隠しながら友人としてよい関係が続き、両親が亡くなったあとは心の支えにもなってくれた彼に依存していくのだが、アカデミーへの入学を境に純粋だった恋心に陰りが生まれる。

アルベルトとマリンの親しげな様子に嫉妬を覚え、そして彼が彼女を花嫁として選んだことに絶望し、……自ら命を絶つ。それがロザンナの一度目の人生だった。

二度目三度目は好きになってもらいたくて必死に頑張るも、やっぱり彼の想いは得られず、絶望の最中、卒業パーティーで羽目を外した男子学生が放った魔法の流れ弾の巻き添えをくらって死亡。

四度目、食べ物を喉に詰まらせて苦しみながら最期に思ったのは「アルベルト様に恋をするのはもうやめよう」だった。

恋を諦めた五度目から人生が少しずつ変化する。過去に学んでなんとか花嫁候補に選ばれるのを回避し、アカデミーに行くのを免れた。

当然、最期の舞台となる卒業パーティーにも参加しないため、ロザンナは初めて人生を全うすることができたのだ。

だが、これまで知らなかった結婚式やご懐妊など、理想の夫婦と称されるアルベルトとマリンのその後を目の当たりにして気持ちが沈みがちになり、独身のまま五十歳で人生の幕を閉じることとなる。

自分が幸せじゃないから人生を繰り返すなどという不思議な現象が起きているのではと考え、六度目は自分も誰かと恋をし結婚するという目標を立てた。

……立てたものの、前回の人生で誰と誰が結婚するかを知っているが故に遠慮が先に立ち、そして花嫁候補として目にする機会が多いアルベルトが美男子すぎて、どうしても周りを物足りなく感じてしまい、思うようにはいかなかった。

こうなったら、他国に移住して、なにもわからない、誰も知らない場所で生きていくしかないと決意を新たにアカデミーを卒業したものの、門から出た瞬間、馬に蹴飛ばされそれが致命傷に。

七度目はなんとかアカデミー内での危機を回避し、実家まで帰ってこられた。もう大丈夫だと安心していたところで、叔父からいい縁談があると持ちかけられ飛びつくも、……相手の男が高慢で受け入れられず断ったその翌日、怒り狂ったその男に背後から刺され死亡。

そして八度目。七度目が尾を引き男性とのご縁は得られなかったが、理不尽な最期に見舞われることなく、なおかつ叔母が管理する花園の手伝いをさせてもらったことで充実し、これまでで一番いい人生となった。

だからもう人生を繰り返すことはないと思いながら眠りについたのだが、容赦なく九度目に突入。

それが前回だ。

アカデミーを出たあと、叔母のように自分もなにか夢中になれることを見つけて、できたらそれを仕事にして暮らしたいと考えていた。

そのため、学園にいる間は煽らず騒がず穏便に、を念頭に過ごすと決意する。

マリンからもライバル視されないように応援しつつ乗り切るはずだったのだが、……初代学長に止《とど》めを刺され、今に至る。

十回目の人生が始まった今も、生き甲斐を見つけて生きていきたいという望みが胸の中で燻《くすぶ》っている。

そこでふっと頭に浮かんだのは友人のルイーズだった。彼女のようになにかを学び自分の力にして、生活していけたら最高だ。

今回、ロザンナは火の魔法を扱える。

アカデミーへは花嫁候補として入学し、その後、火属性クラスへ転入し学生として卒業するのを目標にしてはどうだろうか。そうすれば、ルイーズとも長く一緒にいられる。

「まずは、家にある教本から読破ね！」

ロザンナは組んでいた腕を解いて、力を磨いておく必要があるわねとやる気をみなぎらせながら拳を握りしめた。

「これが最後の人生になるように。華麗に生きてみせるわ！」

花瓶に生けてある花の中にひとつ混ざっていた小さな蕾を指で軽く突っついたあと、席を立ちご機嫌な足取りでガゼボを離れていく。

誰もいなくなったそこで、ロザンナが触れた蕾が徐々に膨らみ、ひっそりと花開く。真っ赤な花弁は、少しの間、まばゆい光を放ち続けた。

それから一年後、夕食時に父スコットの言葉に耳を傾けながら、永遠に九歳のままでいられたらどんなに幸せだっただろうかと、十歳になったロザンナは浮かない顔をしていた。

「……やっぱり、出席しなければいけませんよね」

「もちろんだよ。アルベルト王子が十一歳の誕生日を迎えるお祝いだからね」

スコットが持ってきたのは、「私と共にロザンナもアルベルト王子の誕生日パーティーにお呼ばれされたよ」という話だ。

とうとう来てしまったかと思わずロザンナがため息をつくと、スコットは慌てて言葉を続ける。

「そんなに不安そうな顔をしないでおくれ。お前は私の隣にいるだけでいい。いつも通りニコニコしていたら、それだけで合格だ」

「合格？　王子様の誕生日パーティーで、なにか優劣がつけられるのですか？」

「えっ。ゆ、優劣だなんてそんなことあるわけないじゃないか。間違えただけだ。合格ではなく、ご、ご、……ご機嫌、そう、ご機嫌だ。え、誰が？　うん。私がだな」

ロザンナの鋭い問いかけに、スコットは動揺する。ごまかしの言葉を並べだすが、最後はわけがわからなくなったようで自問自答でしめた。

もし選ばれなかったら悲しい思いをさせてしまうと、スコットは決定の通知が届くまで隠し通すのだが、ロザンナはすでに誕生日パーティーが花嫁候補を選ぶための場であるのも、選ばれたら自動的にアカデミーで花嫁教育を受けなくてはいけないことも知っている。

だから五回目の人生では、我がままを貫いて誕生日パーティーに参加しなかったのだ。

思惑通り花嫁候補に選ばれずに済んだが、後々兄から、父はロザンナが王子の花嫁になるのを望んでいたため候補にすら選ばれずひどく気落ちしていたこと、そして意に反し、宰相は自分の娘を王子の花嫁にしたくなかったのではと嫌な噂が立ち、肩身の狭い思いをしていたと聞かされ、失敗したと後悔したのだ。

アルベルトに会わずに済むならそうしたいのが本音なのだけれど、父に迷惑はかけられない。だから参加する。

「わかりました。……でも、王子様とお会いするのは初めてで、緊張してニコニコ笑えないかもしれません。大目に見てくださいね」

ロザンナが微笑んで答えると、「その微笑みだけでもう十分だ」とスコットが表情を輝かせる。

そして「おごったところがなく誠実で優しくて、おまけに美少年。彼に嫁いだら幸せにしてもらえること間違いなし」とアルベルト王子の宣伝を始めたため、ロザンナは真顔でそれを聞き続けた。

そんなやり取りからちょうど四十日後、迎えたアルベルトの誕生日。ロザンナはスコットと共に、時間通りに城へとやってきた。

門前広場で馬車を降りると、すぐさまやってきた侍女と挨拶を交わす。そのまま門を通り抜け、回廊へと歩を進めていく。

アルベルトの誕生日パーティーは敷地の外れに建つ別館で行われるため、そこまで少し距離がある。

「水色のドレスがとてもよくお似合いですよ。噂にはお聞きしていましたが、本当にかわいらしい方ですね」

道中、侍女に褒められ、ロザンナは「ありがとうございます」とはにかむも、そこにスコットが満面の笑みで割り込んでくる。

「そうなんですよ。うちの娘は本当にかわいらしくて。今日なんてまさに天使のようでしょ？」

「ええ、とっても」と侍女が微笑んで同意した途端、スコットは「自慢の娘でね」とロザンナがどれだけかわいいかを熱弁し始めた。

すかさずロザンナが「やめて、お父様」と冷静に言い放つと、侍女の笑顔が徐々に苦笑いへと変化していった。

回廊から庭園へと外れ、低木に挟まれたレンガの小道を進んでいく。

途中で現れた脇道にそれたくなる好奇心を必死に抑えて、ロザンナはふたりに続いた。

そこから程なくして別館に到着する。

玄関口には同じように招かれた多くの貴族の姿があった。大抵は両親と娘の三人。もしくはロザンナのように父娘のふたり連れだ。

同年代の娘たちに目を向けながら、その幼さにロザンナは小さく微笑む。ここにいる何人かは六年後に花嫁候補としてアカデミーで顔を合わせることになるのだ。

父と共に、館の中へと足を踏み入れる。

王妃との挨拶を終えて緊張から解放されると、たくさんの人であふれかえっている大広間を見回す。しかし、いくら探してもその中にルイーズらしき姿は見つけられず、ロザンナは嘆息する。

過去の人生でルイーズ本人から聞いたのだが、彼女が王宮に呼ばれたのは約三ヶ月後にある王子主催の簡易的なお茶会で、どうやら二回に分けて花嫁候補の選定が行われているようなのだ。

この誕生日パーティーで彼女と出会えていたら、きっと長年の友人となれていたはず。毎回のことながらロザンナはとても残念な気持ちになる。

会いたい人には会えないが、待ち望んでいない人とはここで最初の顔合わせとなる。

「これはこれは宰相殿。なかなか姿が見えないので、参加されないのかと思っておりましたよ」

言葉を交わすたび、愛娘の容姿を褒められすっかり浮かれていたスコットだったが、意地の悪さまで伝わるような口調で声をかけられた瞬間、すっと顔から笑みが消え、姿勢を正しながら振り返る。

「アーヴィング伯爵ではありませんか。王子の誕生日ですよ？　もちろん馳せ参じますとも」

スコットとの仲の悪さがひと目でわかる男性の傍らには、十一歳のマリン。

彼女同様、ロザンナも父親の隣でおとなしくしていたが、不意にアーヴィング伯爵から視線を向けられ、息をのむ。

「彼女が自慢の娘さんかな。ずいぶんと出し惜しみされていた」

続けて飛び出した嫌味と値踏みするかのような視線に、ロザンナは顔を俯け、わずかに唇を噛む。

「そんなつもりはまったくありませんよ」とスコットは言い返したけれど、実際アーヴィング伯爵の言う通りだ。

しきりに愛娘自慢する割に、スコットがロザンナをパーティーに連れて行ったのは、半年前のたった一度だけ。

今日のための慣らしの場として連れ出されたのは間違いなく、パーティーの間ずっと、スコットはロザンナを自分の傍らに置き、話しかけてくる貴族のご子息に目を光らせ続けていた。

そして十三歳で社交界デビューしたあとも、社交場へ赴くことを問答無用で禁止されることとなる。

花嫁候補に選出後、社交場への出入りを不可とされていなくても、スコットはロザンナこそがアルベルトの花嫁に相応しいとし、そこで悪い虫がつくことを警戒していたのだ。

父の本気に触れるたび、ロザンナは申し訳なくてたまらなくなる。アルベルトの花嫁はマリンで、その期待にはどう頑張っても添えないのだから。

心が重苦しくなるのを感じて、ロザンナは勢いよく顔を上げる。

過去の人生での悔しさや悲しさを振り切るように力強く一歩前に出て、アーヴィング伯爵に対し膝を折って挨拶する。

「娘のロザンナです。父が大変お世話になっております」

最後ににこりと笑ってみせたのち、ロザンナはマリンへと身体を向け直し、恭《うやうや》しくお辞儀をした。するとマリンも慌てて挨拶を返してきた。

父には悪いが、ここは自分の今後のために愛想よくさせてもらう。

これから勉学に励みたい。理想は、薬学を学んで魔法薬師のような上級職に就き、一生食いっぱぐれず暮らすことだ。だから花嫁候補としてアカデミーの門をくぐることになっても、彼女とは決して対立せず、時間を有意義に使うのだ。

煽らず騒がず穏便には今回も続行である。

ロザンナがマリンのドレスや髪飾りを褒め始めると、アーヴィング伯爵は「父親と違って見る目があるようではないか」とほくそ笑む。

それに対し、スコットは引きつった笑みを浮かべて、「あぁ、そうだいけないいけない」とロザンナの肩に手を乗せた。

「アルベルト王子への挨拶がまだだった。失礼する」

それだけ告げて、急ぎ足でアーヴィング親子の元を離れた。

掴まれた肩が痛くて「お父様」と抗議すると、じろりと鋭い眼差しが向けられロザンナは顔を強張らせた。

「娘をあんなに褒め称えたら、こちらの負けを認めたようなものではないか。私は絶対にそんなの嫌だぞ」

ぶつぶつ文句を呟く父へ、ロザンナは小さくため息をつく。

「なにに負けると言うのですか？　誕生日を祝う場ですもの、アルベルト様だって来客同士がいがみ合っているより、楽しく笑っているほうがいいに決まっているでしょ？」

この場が花嫁選びの第一関門だと聞かされていないことを逆手に取ってロザンナが言い返すと、スコットは「うぐ」と小さく呻いた。

本当のことを言おうかどうか苦悩する様子をロザンナが冷めた目で見つめていたら、突然「どうしましたか？」と声がかけられた。

スコットはパッと表情を輝かせ、逆にロザンナは息をのんで声のしたほうへと爪先を向ける。

「アルベルト王子！　十一歳のお誕生日おめでとうございます」

「ありがとう」

アルベルト王子は大袈裟にお辞儀をしたスコットに対し、ふわりと笑みを浮かべる。

幼いときから本当にきれいな顔よねとロザンナはついつい見入っていたが、アルベルトと目が合ってしまい、なんとなく気まずくなり顔を俯かせた。

「あぁ、紹介が遅れました。娘のロザンナです」

父から自慢げに紹介され、ロザンナは慌ててスカートを掴み、敬意を表すべく先ほどよりも深く膝を曲げて挨拶をした。

そこでアルベルトがロザンナを見つめたまま黙り込んだ。そのため、ロザンナは父からなにか喋るようにと横からさりげなく肘で腕を突かれ、渋面になる。

こちらもとくに話すことはない。困っていると、アルベルトがやっと口を開いた。

「スコットから話は聞いていましたが、本当にかわいらしい方ですね」

「……お、恐れ入ります」

「そうでしょう！　しかも、ロザンナはかわいいだけじゃないんですよ」

ロザンナの消え入りそうな声はスコットの熱弁にかき消される。

「今度ゆっくりお話しできる機会をいただけたら喜ばしい限りです」

続いたスコットのお願いは声をひそめてこっそりと、そして最後にアルベルトへ茶目っ気たっぷりにウィンクした。

そんなスコットの気安い態度にロザンナはひやりとするも、アルベルトが無邪気に笑ったことで、あぁそうだったと思い出す。

このような場では毅然とした表情を崩さないアルベルトだが、ほんの一瞬でも素を見せてしまうほどに、彼は父に心を許しているのだ。

自分にはわからないような絆がふたりの間にあるのかもしれないと考えたところで、アルベルトがロザンナへと向き直った。

「ロザンナ嬢、後ほどぜひ、私と踊ってください」

「はっ、はい！　喜んで」

少し緊張気味にロザンナが返事をすると、「それではまた」と囁いてアルベルトは別の客の元へ歩きだした。

「ロザンナ、お褒めの言葉をもらえてよかったな！　あの感じからして、間違いなく好印象だぞ！」

「……そうかしら」

興奮状態の父に、ロザンナは素っ気なく返す。これまでの人生でも毎回、「かわいらしい方ですね」と褒めてくれるし、ダンスも誘われる。

もちろん印象が悪かったら言ってはもらえないだろうけれど、父のように浮かれたりなどはもうできない。

きっと王子は今も他の令嬢に同じようなことを言ってるに違いない。

ロザンナは白けた顔でそんなことを考え、ほかの父娘に話しかけているアルベルトから視線を逸らしたのだった。

人々の注目を浴びつつ、ロザンナがアルベルトとのダンスを手早く終えたあと、スコットは久しぶりに顔を合わせたらしい友人とのお喋りに没頭し始めた。

父の傍らでただニコニコ笑っているのに疲れたロザンナは、「ケーキをいただいてくるわ」とその場から離脱する。

しかし、ケーキや焼き菓子などがたくさん並べられたテーブルへとひとり向かう途中で、それほど食べたくないと小さくため息をついて足を止める。

室内を見回すと知っている顔がいくつかあるが、今から友達になっておきたいと思える面子《めんつ》ではない。

どうしようかなと思いを巡らせたとき、開けられた大窓から風が吹き込み、花の甘い香りを運んできた。

途端、とある場所が頭に浮かび、ロザンナはちらりとスコットの様子を確認する。

そんなに場所も離れていないし、すぐ戻ってくれれば問題ないだろうと考え、そのまままこっそりと館を抜け出した。

別館に来る途中に通ったレンガ道まで小走りで戻ると、そこで見かけた脇道へと躊躇いながらも足を踏み入れた。

前回の人生で、のちに王立騎士団員となった兄のダンから、別館へ向かう道を逸れたところに真っ赤に燃えているかのような花弁を持った花が見事に咲き乱れた神秘的な空間があると聞いたのだ。

勝手に歩き回るのはよくないこととわかっている。

しかし、今後城に入る機会はあれど、こんな奥まった場所まで来るのは難しい。そのためロザンナにとっては今しかなく、完全に好奇心が勝ってしまっていた。

先ほどよりも幅の狭いレンガ道を、別館のほうからかすかに漏れ聞こえる演奏に気を取られながら進んでいく。

木々の壁の向こうに現れたのは、花壇がひとつと一棟の小屋。すぐさまロザンナは花壇へと駆け寄る。

「まぁ素敵」

そこに真っ白な花が咲いていた。大きな花弁を持つそれは実家で咲いているものと形状は酷似しているが、初めて目にする色だ。

兄の言う真っ赤に燃える花弁ではないけれど、これはこれできれいだ。

カークランドは花業も盛んなため、これからどんどん新種の花が生み出されていく。

その先駆けとして、城内で研究が行われていたとしてもおかしくないと、そばに建つ小屋を見ながらロザンナが考えていると、突然「おい」と背後から鋭く呼びかけられた。

「こんなところでなにをしている」

警戒心に苛立ちが混ざったかのような声音に、ロザンナの顔から血の気が引いていく。

しかし、黙っていても怪しまれるだけだと覚悟を決めて、身を翻す。

「ごめんなさい！」

顔も上げずにそのまま地面にひれ伏し固まっていると、耳のすぐそばでジャリッと靴底が砂を噛み、ロザンナは身体を強張らせた。

「……お前、たしか、宰相の娘か？」

問いかけられ、ロザンナはギョッとし顔を上げる。最初の鋭い声音では気づかなかったが、続いた声には聞き覚えがあったからだ。

「ア、アルベルト様」

そこにいたのはアルベルトだった。互いにキョトンとした顔で見つめ合っていたが、アルベルトはわずかに表情をゆるめて、気怠げながらも手を差し出してきた。

「いつまでそんな恰好《かっこう》をしている。ドレスが汚れるだろ」

「え？　あぁ、そうですね。うっかりしていました」

ロザンナは内心戸惑いつつ、アルベルトに手を貸してもらって、立ち上がる。

ドレスについた砂を払い落としていると、再びアルベルトから「なぜここにいるんだ」と探りが入った。

「単なる好奇心です」

「好奇心？」

「はい。あの道の先にはなにがあるんだろうって。そんなふうに、アルベルト様は好奇心にかられたことはありませんか？」

「ない」

即答され、ロザンナは「そうですか」と半笑いになる。

不審に思われているのはアルベルトの表情から読み取れるも、兄からいずれ聞く話を今の自分が口にするわけにはいかず、ロザンナは早々に話題を変える。

「ところで、アルベルト様こそどうしてここに？　会の主役がいないと話にならないのでは？」

「単なる休憩だ。招いた立場でこんなことを言うのも悪いが、息が詰まって仕方がない」

苦しげに打ち明けられ、ロザンナは別館で目にした光景を思い出す。

あの場が花嫁候補の選定の場だと知らされていないのは、きっとロザンナくらいだろう。

誰もが皆、娘の売り込みやアルベルトのご機嫌取りに躍起になっていたからだ。

その中心にいるのだから、笑顔の仮面の下で毒のひとつやふたつ吐いていたとしてもおかしくない。

「でしょうね」

つい気軽な口ぶりで同調してしまい、すぐにロザンナは「失礼しました」と頭を下げた。

勝手に敷地内をうろついたのだから怒られてもおかしくない状況で、しかも初めての展開に先も読めず、もっと気を引き締めるべきだったと後悔する。

怒られると身構えるも、わずかに間を置いてから発せられたのは小さな笑い声だった。

「そのままで。そのほうが気が楽だ」

アルベルトが警戒心を解くように、表情を和らげた。

それにつられてロザンナもほんの少し肩の力を抜くが、彼の微笑みに胸の奥底がうずいた気がして、そっと背を向ける。

ドレスの裾が汚れるのも気にせず花壇の前にしゃがみ込んで、雑念を追い払うように真白き花を黙って見つめる。

不意に一輪の花がきらりと光を弾いた。思わず目を見開くと同時に花弁が透き通り、しかしすぐ元の白へと戻っていった。

「ア、ア、アルベルト様、今、花が、ほんの一瞬、消えました」

あたふたしながら肩越しに訴えかけたロザンナの隣に並ぶように、アルベルトがしゃがみ込む。

「この花が、ディックだとわかるか？」

「あぁ、やっぱり！　この色は初めて見ますけど、私の家の庭にもたくさん咲いていています」

「観賞用が一般的だけれど、最近、魔法薬の材料としても注目されているんだ」

「……なるほど。それがこの花なんですね」

「そういうこと」

ディックが魔法薬用として用いられていることが一般にも知られるようになるのは、あと三年くらい先の話。

しかしロザンナは九回繰り返したこれまでの人生で薬学には興味を持たなかったため、素材としてのディックを目にしたことはなかった。

興味深く見つめるロザンナの真剣な横顔に、アルベルトはわずかに笑みを浮かべてから、おもむろにディックへと手を伸ばした。

「観賞用と違って、この花は魔法に対して顕著なんだ」

彼が花弁に手をかざした瞬間、白から透明へ、透明から炎のような揺らめきへと変化していく。

「燃えてる！」

「燃えてはいない。そう見えるだけ」

アルベルトが手を引くと、やがて花も元の白へと戻っていった。兄が見たのはこれかと納得してから、どうなっているのと一気に興味が膨らむ。

「すっごく面白い！」

「だろ？」

「私にもできますか？」

「魔力持ちなら反応する。やってみたら？」

ロザンナは目を輝かせながら頷き返し、花と向き合った。微力ながら、ロザンナもアルベルトと同様に火の魔力を有している。

先ほどの燃え盛る花を想像しながら、恐る恐るディックに手をかざす。胸を高鳴らせながら反応を待っていると、徐々に花は透明へと変化し、まばゆい光を放ち始めた。

ロザンナが「あれ？」と呟くのと、「おっ」とアルベルトが声を弾ませたのはほぼ同時だった。

「お前、光の魔力が使えるんだな」

「……光？　火じゃなくて？」

「いや。火ならさっきのがそうだ。その輝き方は、明らかに光だろ。すごいな、その年でここまで輝かせる奴を見るのは初めてだ」

ロザンナはポカンとした顔をアルベルトに向ける。アルベルトも驚いた様子でロザンナを見つめ返した。

そんなもの、持ってない。……持っていないはずだ。なんだか急に怖くなって、ロザンナは立ち上がり、あとずさる。

あらためて自分の両手を見つめると、「あっ」とアルベルトが小さく呟き、視線を館のほうへと向けた。

「演奏が止んだ。そろそろ戻らねばならないらしい」

たしかに先ほどまで微かに流れていた音楽が聞こえなくなっている。

急にスコットのあわてふためく姿が頭に浮かび、そろそろ自分がいないことに気づく頃ではとロザンナは顔を青ざめさせた。

「実はお父様に黙って出てきてしまったの。私も戻らないと」

「だったら一緒に戻るか？」

「いえ。遠慮させていただきます！」

アルベルトと一緒に戻ればスコットは大喜びするかもしれないが、花嫁候補が大勢いるのだから後々の火種になりかねない。それだけはなんとしても避けなくては。

「それではお先に！」

はしたないと思われようが、どうでもいい。走りやすいようにスカートを掴み上げて、ロザンナはパタパタと駆けだした。

「おいおい。いいのかそれで」とアルベルトは苦笑いを浮かべる。

〝一応お前も、俺の花嫁候補になりたくてきたんじゃないのか〟とぼやきそうになるも、そんな思いは小さな笑い声と共に消えていった。

「面白い女だな」

ぽつりと呟きながら何気なく花壇へと目を向け、アルベルトはぎくりと顔を強張らせた。

「……嘘だろ？」

ディックの花が一輪、輝きを放ち続けている。普通この花は、アルベルトが試してみせたように、魔力を感じたそのときしか反応を示さないものなのだ。

魔力の発動をやめればすぐに元の姿に戻るというのに、しかしその花はいまだにまばゆいまま。

「たしか、ロザンナって言ったっけ」

ロザンナの魔力に反応し続けているディックを見つめながら、アルベルトは興味深そうに目を輝かせて、微笑みを浮かべた。

二章、試練のとき

アルベルトの誕生日パーティーから半年が過ぎた休日の昼下がり、ロザンナは自室で、机の上に置いたランタンをじっと見つめていた。

ランタンのガラスの中には小さな火球。それは弱々しく揺らめいたあと、弾け消えた。

「それなりに長い時間保てるようにはなったけれど……」

まだまだだわと心の中で付け加えて、ロザンナはため息をつく。

十回目の人生を始めてから自分の武器とするべく、これまであまり得意としていなかった火の魔力を高める努力をロザンナはこっそり続けてきた。

と言うのもカークランドでの学び方はさまざまだ。

読み書きなどの最低限の知識を学べる下級院、魔法や剣術を初歩からしっかり身に付けるための中級院、そして専門知識を得たいなら上級院のマリノヴィエアカデミーを目指すことになる。

しかしそれは平民の流れであり、王族や貴族は子どもを下級、中級院に通わせず、代わりに家庭教師をつけるのが通例となっている。

エストリーナ家も例外ではなく、ダンとロザンナは家庭教師から多くを学んでいる。

しかし一年ほど前から、ダンは魔法や剣術を重点的に学ぶようになり、一方ロザンナは教養やマナーに関しての講義が多くなり始めていた。

兄にはマリノヴィエアカデミーに入学し立派な公爵に、そして妹には次期国王であるアルベルトの妃に相応しい女性になってほしいというスコットの考えによるものなのだが、ロザンナは不満だった。

エストリーナは火の家系で、それを自分もしっかり有している。だから私も魔法に関して学ばせてほしいと父に訴えたのだが、あっさり却下されてしまったのだ。

力が微弱であるから学ぶ必要はない。ロザンナに必要なのはアカデミーでの妃教育についていけるように今のうちからしっかり準備しておくことだ、と。

スコットは、ロザンナが花嫁候補に選ばれると信じて疑わない。

そのため何度お願いしても聞き入れてもらえず、諦めきれないロザンナは独学という手段を取るしかなかったのだ。

書斎の奥底に眠っていた火魔法の入門書や教本をこっそり読みすすめては、こうして実践もしている。

初級編として挙げられているのが火球だ。

火魔法の能力者が獰猛《どうもう》な獣などから身を守る初歩的な方法であり、火をつけるときや、夜中や暗い場所での明かりとしてなど、日常生活の中でもさまざまな用途がある。

魔力の凝縮具合や、形状を保っていられる時間の長さで、火球を見たら使い手の能力がわかると言われている。

幼い頃と比べたらだいぶ成長したとはいえ、ロザンナのそれはまだ弱い。

アカデミーは兄のように火球など難なく操り、剣術にも優れているような人材が入学したいと集まってくるのだから、この力を武器にするにはもっともっと努力が必要だ。

こんな調子では正直難しいかもと思い始めた一方で、火でなく別の力だったらいけるのではと、希望を持たずにいられない事態が起きていた。

ロザンナは静かにクローゼットの戸を開けて、奥にタオルケットで包み隠しているそれの様子を伺う。

中身は観賞用の赤いディック。庭に咲いていたものを鉢に移し替えてもらい、ベッドのサイドテーブルに飾ってあったのだが、現状、タオルでは発光を隠しきれていない。

実は昨晩、アルベルトとのやり取りを思い返しながら何気なく手をかざしてみたところ、あのときと同じように花が輝きだしたのだ。

しかもそれは、全神経を集中させて生み出した火球よりも力強いまばゆさだった。眠りの妨げになるほど光り続け、今もなおこうして輝き続けている。

朝食のときに、それとなく父に観賞用の花が魔力に反応することがあるのかと疑問をぶつけたが、それはないと即答される。

反応するのは魔法薬用として特別に育てられたものだけだよと言われるも、実際目にしているため納得はできない。

食事のあとに兄を散歩に連れ出して、庭に咲いているディックを触らせてみたのだがなんの反応もなく、疑問は募るばかり。

ディックにも相性があって、火よりも光の魔力のほうが反応しやすいのか。それとも、想像以上に自分の能力値が高いのか。火の魔力は全然なのに、光に関してはどうしてこれほど違うのか。

考えれば考えるほど、この力なら自分の武器にできるのではと希望を持たずにいられなくなる。

父から反対される覚悟で、光の魔力に関して学びたいと話してみようか。

ロザンナがこれまでにない初めての道を進むことへの緊張に大きく息を吸い込んだとき、階下で「よっしゃー！」と雄叫びがあがった。

程なくして、バタバタと廊下を駆ける足音が近づいてきて、ロザンナは慌ててクローゼットの戸を閉じた。

「ロザンナ！」

ノックもなしに部屋に飛び込んできたスコットの顔はとても紅潮していた。

ロザンナは一瞬面食らうも、その手に握りしめられた紙に見え隠れする紋章に気づき、すぐに何事かを理解して気怠くスコットに歩み寄る。

これほど舞い上がっての報告は初めてだが、王からの通知で父が大喜びするのは、……あれしかない。

「ロザンナ、おめでとう！　アルベルト様の花嫁候補に選ばれたぞ。まぁ、私のかわいいロザンナが選ばれないはずがないとは思っていたが」

「そうですか」

これ以上ないくらいの笑顔のスコットに抱きしめられながら、ロザンナは虚ろな目をする。

心の中は「選ばれてしまって残念ですわ」という思いでいっぱいだ。

選ばれなかったら勉学に励みたいと言いやすかったのだが、候補になるとさらに父の熱意が上がるのは間違いないだろうから、希望を押し通すのは無理だろう。

とはいえアカデミーに花嫁候補として入学するまで、なにもしないまま無駄に過ごすつもりもない。

なにか方法を考えなくてはとロザンナがぼんやり頭を巡らせ始めたとき、「失礼します」とトゥーリが小さな鉢植えを抱えて室内に入ってきた。

何気なく彼女に視線を向けたあと、ロザンナはその鉢植えを二度見し、目を見開いて動きを止める。

「……そ、それは」

トゥーリが手にしているものに対して恐る恐るロザンナが問いかけると、それにスコットが上機嫌で答えた。

「アルベルト王子からロザンナへの贈り物だよ」

「ア、アルベルト様、から？」

驚きからつい問いかけ口調になるも、これを贈ってくる相手など彼以外考えられなかった。

トゥーリが抱え持っているのは、ディックの花。

しかも、一般的に広まっている鮮やかな花弁ではなく、魔法薬用のあの白い花のほうだった。これはいったいどういうことだろうか。

「並べて飾っておきましょうか？」と、トゥーリがベッド脇のサイドテーブルへと歩きだす。しかし、昨晩まで飾ってあった赤いディックの鉢植えがなくなっていることに気づいて、「あら？」とつぶやいた。

怪訝そうに鉢植えを置く様子にひやひやしているロザンナへ、スコットがジャケットの内ポケットから取り出した白い封筒を差し出してきた。

封筒には「親愛なるロザンナ・エストリーナ嬢へ」、それから「アルベルト・オーウェン」と達筆に記名してある。

「もっと華やかでかわいらしい花はいくらでもあるのに、どうしてこの花なのかと考えてしまったが、ふたりの間で意味があるなら納得だ。まさか私の知らない間に王子と関わりを持っていただなんて」

「お父様、私宛の手紙を勝手に読まれたんですね」

「す、すまない。最初この花は、候補者全員へのただの贈答品かと思っていたのだ。しかし驚いた。まさか王子本人から、しかもロザンナにだけの贈り物だったとは」

目録でも書かれている程度の軽い気持ちで、目を通してしまったのだろう。

まぁ仕方ないかと思い直すと、今度はこの手紙になにが書かれているのか怖くなる。

ニコニコ顔の父をちらりと見て、ロザンナは封筒の中から紙を取り出した。

〝親愛なるロザンナ嬢
先日の私の誕生日に、祝福をいただきありがとうございました。

あの場所に行くたび、この花を好奇心いっぱいに見つめてきれいだと微笑んでいたあなたの姿が頭をよぎります。

折を見て、あらためてお礼に伺わせていただきます。

そのときのあなたの笑顔も、この花のように輝いていることを願って。

アルベルト・オーウェン〟


キラキラとした恋文のような文面に、これは王子の名を語った悪質な悪戯かとロザンナの口角が引きつった。

「アルベルト王子の心はもうすっかりロザンナに掴まれてしまったようだな。まぁたしかにロザンナはかわいい。一度見たら忘れられなくなるのも当然だな」

すっかり困惑していたロザンナだったが、父の浮ついたひとことによって、やっと冷静さを取り戻す。

たしかに甘い言葉が並んでいるように見えるけれど、実際彼の心はマリンにあるのだ。

今まで候補決定の知らせと共に彼から贈り物や手紙をもらったことなどなかった。

なんのつもりだと繰り返し黙読しているうちに、彼の思惑がなんとなく見えてくる。

今度会いに行くから、あのときのようにまたこの花を光らせてほしい。アルベルトが光の魔力に興味を持っているなら、そんな意味が込められていてもおかしくない。

もう一度手紙に視線を落とし、ロザンナは花壇のそばで目にした光景をぼんやり思い返す。

身分も年も下の女に、アルベルトはディックの説明を丁寧にしてくれた。

そんな彼なら、観賞用が光った理由についても明確な返答をくれるのではと期待が膨らんだ。

「王子がいついらしても恥ずかしくないよう、屋敷の掃除の徹底を。それからロザンナ、今すぐお礼の返事を書きなさい！」

スコットの指示を受け、トゥーリは「かしこまりました！」と笑顔を浮かべ、ロザンナは「はい」と頷いて机に向かった。

頭を悩ませつつ書き終えたロザンナの手紙を持って、善は急げと言わんばかりに、早速スコットは馬車に乗り込む。

その姿を、ロザンナは胸の中で不安が揺らめくのを感じながら自室の窓から見つめていた。

両親が馬車事故で亡くなるのは、ロザンナが十四歳のとき。

今から四年後のことだが、両親が、またはそのどちらかが馬車に乗り込む姿を目にするたび、もし事故が早まってしまったらと怖くなる。

小さく息を吐いて数秒後、ロザンナはハッとしベッド脇のサイドテーブルへと慌てて歩み寄る。

アルベルトからの真っ白な贈り物と自分の手のひらを交互に見つめながら、もしかしたらと胸が高鳴りだす。

初めて得たこの力を、今まではアカデミーに残るための手段にならないかとばかり考えていた。

しかし、それよりももっと、大切なことがあった。

光の魔力とは治癒能力のことで、聖魔法とも呼ばれる。この魔力をしっかり扱えるようになっていたら、今度こそ両親を助けられるかもしれない。

思い切って、真っ白なディックに手をかざす。すると、あのときと同じように花が輝きを放ち始めた。

かもしれないなんて嫌。諦めない。助けたい。絶対に助けてみせる。

思いに呼応して花が輝きを増す。力強い光に導かれるように、ロザンナはハッキリと自分の進むべき道を見つけた。


花嫁候補に決まってからもうすぐ半年が経つ。城からの帰り道、ロザンナは馬車に揺られながら、不思議な気持ちで髪飾りに触れる。

城にはアルベルトに会いにきた。花嫁候補は、希望すれば約半年ごとに王子との時間を持つことができ、ロザンナにとって今日はその二回目だった。

半年ごとということになってはいるが、花嫁候補は四十人もいる。その上、アルベルトも誕生日を迎えると同時に第二騎士団を率いる立場に就き忙しい身になり、実際は一年に一度会える程度である。

この人生でも一度目の謁見は、候補に決まってすぐに取り付けることができた。皆がいっせいに申し出る中、優先的に決まるのは宰相である父の存在が大きい。

しかし贔屓《ひいき》はそこまでで、半年後に再び願い出ても、二回目は四十人との顔合わせがひと通り終わったあと。

本来ならばしばらく待たされるのだけれど、……なぜかこの人生では、二回目の申請がすんなり通ってしまったのだ。

そして別れ際のアルベルトの言葉が「近いうちに、会いに行く」で、言葉通りにすぐにまた彼と会うという予感がロザンナにはあった。

と言うのも、城に来るのは二回目でも、アルベルトと顔を合わせるのは実は三回目。ディックと共にもらった手紙に書かれていたように、あれから程なくして、アルベルトがお忍びでエストリーナ公爵邸を訪ねてきたのだ。

そのときのことを思い返して気怠くため息をつくと、向かいに腰かけているトゥーリと目が合った。

笑みを堪えきれていない彼女の目線が、髪飾りに触れている自分の手に向けられているのに気づいて、ロザンナは慌てて姿勢を正す。

「その髪飾り、アルベルト様からの贈り物ですか？」

「え、えぇ」

「ロザンナ様によくお似合いですよ」

トゥーリの表情から、彼女がどう誤解しているかが手に取るようにわかり、ロザンナは「違うの」とため息まじりに否定する。

「勘違いしないで。これをもらったことに深い意味はないの。お父様に無駄な期待をさせたくないから、いただいたのは内緒にしておいて」

「本当に勘違いでしょうか？　このような素敵な髪飾りだったり、あの特殊な花だったり、私にはアルベルト様がほかの候補者の皆さんにも同じように贈り物をしているとは思えません。お嬢様を相当気に入っていらっしゃるとしか」

「違うんだってば」とロザンナが繰り返しても、トゥーリのニコニコ顔は崩れない。

まさかこんなに早く言うことになるとはと途方に暮れながら、毎回のように口すっぱく言っている台詞を囁きかける。

「アルベルト様には心に決めた方がいらっしゃるから」

彼が選ぶのはマリンである。

それに、この髪飾りも愛情のこもった贈り物では決してない。彼の口から、そうではないとしっかり聞いているのだ。

先日、アルベルトがエストリーナ公爵邸にやってきたのは、花嫁候補としてではなく光の魔力を持っているロザンナに用があったから。

来て早々、アルベルトはロザンナとふたりっきりで話したいと人払いをした。

その行動がスコットを喜ばせたのは言うまでもないが、実際、応接間で紅茶を飲みながらの会話に甘さは皆無だった。

研究に協力してほしい。第一声はそれだった。

魔法薬用のディックに力を溜め込んでくれないかと言われ、そこでロザンナはあの鉢植えが贈られた意図を知る。

自分がなにかの力になれるのならとロザンナが快諾すると、アルベルトが嬉しそうに顔を綻ばせた。

そして口外しないのを条件に、実は王立の魔法薬研究所にも自分は関わっているのだとアルベルトがロザンナにこっそり打ち明ける。

もうこの頃には、彼が第二騎士団以外にも次期国王になる身としてさまざまな仕事をこなしていたのを知っていたため、ロザンナはそんなことまでとただただ驚くばかりだった。

秘密を打ち明けてもらい、心も打ち解けてきたからか、ロザンナも観賞用のディックが輝いていたのはどうしてだろうかと、ずっと気になっていた疑問を思い切って口にする。

するとアルベルトは『へぇ』と感心して呟き、『断言はできないけれど』と前置きした上で『能力値が飛び抜けて高いせいかもしれない』と考えを述べた。

しばし呆然とするも、徐々にロザンナは自分の気持ちを止められなくなる。

『本当は魔力に関して学びたいのです。でもお父様は分かってくれなくて』と泣き言を漏らすと、アルベルトが少し考えてから『わかった。うまくいくように力を貸そう』とにやりと笑った。

そのあと、新たに持ってきていた魔法薬用のディックをロザンナの部屋にある以前贈ってきたそれと交換して、アルベルトは上機嫌で城へと帰っていったのだった。

そして今日も最初は、周囲に侍従やら護衛がたくさんいて、あの日の話の続きが出来る状態ではなかった。仕方なく他愛ない世間話を淡々と続けていたのだが、ロザンナが紅茶を半分ほど飲んだところでアルベルトが『庭を散歩しないか』と席を立ったのだ。

庭を並んで歩いている間は、お付きの者たちが距離を置いてついてくる。そのため、小声にはなるものの先ほどよりは気軽に話ができた。

魔法薬用のディックを昼間は戸棚の奥へ隠しておいたのだが、それをトゥーリに見つけられてしまい、光っているのはアルベルトのせいだと咄嗟に嘘をついてしまったと、ロザンナは懺悔《ざんげ》する。

そのせいでスコットから、『王子の非凡さは神同然。いや、もはや神。お前は神に嫁ぐ覚悟を持ちなさい』とわけのわからないことをしつこく繰り返される羽目になったと打ち明ける。

アルベルトは肩を震わせて笑ったが、ロザンナは彼のせいにしてしまったことへの後悔で『迷惑をかけてしまったらごめんなさい』と表情を曇らせた。

するとアルベルトは『貴重な力だ。能力が高いと、利用しようと目論む輩も現れる。今はまだ公にしないほうがいい。そのまま俺のせいにしておけ』と優しく話しかけながら、ロザンナの髪に触れた。

と同時に覚えた違和感にロザンナも彼が触れた場所へと手を伸ばし、掴み取ったものに目を大きくさせる。

髪飾りをもらったのはこのときだった。

蝶々を模した形で、羽の部分にはロザンナの瞳と同じ青色の宝石が散りばめられてあって、高価なのは見れば容易に判断できた。

なぜ自分にくれるのだと動揺を隠せないロザンナの耳元で、アルベルトが『報酬だと思って受け取れ。これからもよろしく頼む』と囁いた。

ロザンナは思わず頬を赤らめながらも『もうすでに、私は利用されていたみたいです』と微笑んだ。

ロザンナはアルベルトといると、まるで友人と話しているような気持ちになる。そして、彼からは花嫁候補というよりも仲間みたいな扱いをされるため、相手にとっても自分はそんなところだろうと予想する。

しかし、その様子をうしろから眺めていたトゥーリには仲睦まじく見えていたようで、アルベルトとの間にある事情を詳しく説明できない以上、誤解を解くのは難しい。

「髪飾りのお礼はなにがよろしいでしょうね」とうっとりと頬を紅潮させているトゥーリに、ロザンナはお手上げだと軽く肩を竦め、窓の向こうへと目を向ける。

視界を掠めた診療所の看板と、入り口のそばの花壇に向かってしゃがみ込んだうしろ姿にハッとし、「止めて！」と御者へ大きく声をかけた。

声に反応し馬車が停止すると同時に、トゥーリが夢から覚めたかのように「お嬢様？」と怪訝《けげん》な顔になる。

「お返しは本がいいわ。アルベルト様は読書家ですもの。絶対に喜ぶわ」

診療所の隣に本屋があるのを横目で確認しながらなんとか言葉を並べつつ、ロザンナはそそくさと戸を開けて馬車を降りた。

もちろんすぐにトゥーリが「お待ちください」と追いかける。

通り過ぎたばかりの本屋へとロザンナは小走りで向かうも、店の前で足を止めた。

「お嬢様、入り口はこちらですけど」

「うん。わかってる」

しかし足はなかなか店内へと進まない。

ロザンナが見つめる先は本屋ではなく、その隣にある診療所。もっと詳しく言うなら、診療所の花壇の手入れをしている男の背中だ。

実は散歩中にアルベルトから、とある診療所の所長の話もされていた。

彼は今は小さな診療所で町の人々を相手にしているが、昔は王族の主治医を務めていたこと。

光の魔力を使って治癒行為をする聖魔法師たちにはまさに神のような存在であり、アルベルト自身にとって今なお信頼の置ける人物であるとも。

『その人に話をしてある。同じ力を持つ者同士、彼からたくさんのことを学べるはず。本気で学びたいなら訪ねるとよい』

そう言った彼の力強い表情が躊躇うロザンナの背中を押した。

「……すみません。所長のゴルドンさんはいらっしゃいますか？」

振り返った男は朗らかな声で「はい、私ですが」と返事をし、ゆっくり立ち上がった。

痩せ型で、銀色の髪を無造作にうしろで束ね、眼鏡をかけた男性を見つめ返しながら、この人が、とロザンナは心の中で呟く。

エストリーナ家にも主治医はいる。そのため彼との接点はないものの、とてもいい先生だと主治医から話は何度か耳にしていたのだ。

アルベルトがくれた縁をつなげたい。

どうにかしてこの人の元で学べないだろうかとロザンナの気持ちがはやりだしたとき、「お嬢様」とトゥーリに困惑気味に呼びかけられ、ゴルドンの眉根がぴくりと動いた。

「もしかして、ロザンナさんですか？　アルベルト王子から話は伺っております」

気づいてくれたことが嬉しくて「はい！」と笑顔で頷き返すと、ゴルドンもニッコリと微笑む。

「聞いていた通り、本当にお美しい方ですね。あのアルベルト様が天使のようだとうっとりしていたのも納得だ」

そのひとことでトゥーリは「まぁ、アルベルト様が？」と頬を染め、ゴルドンに対する警戒心をすぐさまゆるめた。

ロザンナの中で、やっぱりアルベルトの偽物がいるのではないかという疑いがちらり生じるも、ここで引くわけにはいかない。

「私に光の魔力のことを教えてください」と、直球でそう切り出したいところだが、トゥーリがそばにいるためできない。

じわりと焦りが広がるのを感じながら、ロザンナは「落ち着くのよ」と心の中で自分自身に言い聞かせる。

ひとまず、強い思いだけは伝えておきたい。この出会いを切っかけにできるように。

「アルベルト様から親しい仲だとお聞きしました。それで、アルベルト様に本を贈りたいのですがなにが喜ばれるかわからなくて」

そこでロザンナは言葉を途切らせ、真剣な眼差しをゴルドンへと向けた。

「いろいろとご教授いただきたいのです」

ゴルドンもロザンナの思いをしっかりと受け取るかのように、真面目な顔で答えた。

「ええもちろんです。私でよければ、力になりましょう」

表情と力強い声音から、言葉に込めたすべての思いを理解した上での返事だとロザンナは感じ取る。自然と笑顔があふれ、アルベルト様に感謝しなくてはと心の底から思った。

それからロザンナは時間が許す限り、ゴルドンの元へ通うようになった。

最初は本屋に付き合ってもらう目的で、次はそのお礼、そのまた次はゴルドンから借りた本を返しに。

それ以降も、ゴルドンに会うためにさまざまな理由を考えては強引に実行へと移し、次第に名目は診療所の手伝いへと変わっていった。

ゴルドンや弟子のリオネルの手伝いをしながら光の魔力の理論を学ぶ。一方で、特に努力しなくても魔力は日増しに強くなり、制御する方法なども教えてもらった。

しかし、十三歳の誕生日を迎えて半年が過ぎた頃、ロザンナの行動がスコットの耳に入り、思うように足を運べなくなる。

娘に悪い虫がつくのでは、と不安になったスコットにダンスのレッスン時間を増やされ、時間と体力を奪われることとなったからだ。

そんな日々が続いていた中、なぜか急にスコットから許可が下りる。

不思議に思いながらも心は弾む。約二週間ぶりにロザンナは診療所に顔を出すことができた。

患者というよりも世間話をしに来ているお年寄りたちから嬉しそうに迎えられ、最近の体調を聞きつつ話に花を咲かせる。

診察の合間にゴルドンへ挨拶をして、買い出しから戻ってきたリオネルと合流した。

リオネルはひとつ年上の男性で、赤みがかった茶色の髪と瞳を持ち、ロザンナよりも少しだけ背が高い。

光の魔力を有していて、「いつかゴルドン先生のようになりたい」が口癖。聖魔法師になるべくアカデミー入学が今の大きな目標である。

そんな兄弟子としての彼の姿は眩しくて、自分も彼に続けるように頑張りたいとロザンナは考えるようになっていた。

「最近、ロザンナさんが来ないから、皆寂しがっていましたよ」

「ついさっき、カロン爺《じい》にもそんなことを言われました。なるべく顔を見せておくれって」

「ロザンナさんの存在に癒されている人がたくさんいます。宰相の娘なのに気取ったところがなくて天使そのものだとか、ニコニコ笑って話を聞いてくれるから元気が出るとか」

ロザンナは紙袋から取り出した乾燥薬を別の袋や戸棚の中へとしまいながら、リオネルの言葉にふふっと笑う。

「本当に？　その言葉で、私のほうが元気をもらってしまいましたわ」

ひと通り片付けたのを確認してから、早速といった様子で持参した布の袋から試験管を取り出す。

中にはどれも薄水色の液体が入っていて、十本ほどテーブルに並べてから、ロザンナはリオネルへと振り返る。

「少し通えなかったけれど、ただぼんやりしていたわけじゃないのよ。この前教えてもらった回復薬をおさらいも兼ねて作ってみたわ。こっそりとね」

腰に手を当てて、「材料を集めるのにも苦労したわ」と得意げに笑ってみせたロザンナだったが、リオネルのぼんやりとした視線が試験管ではなく自分に向けられていることに気づき、「リオネル？」と眉をひそめた。

途端、リオネルは大きく目を見開いて、赤らんだ顔を勢いよく逸らした。

「えっ……あぁ、ごめんごめん。ええと、回復薬だったね」

手をかざし、ガラスを通して試験管の中身の液体濃度をしっかり確認したあと、リオネルが微笑んで頷く。

「さすがロザンナさん。うまく配分調整できてる。このまま診療で使っても問題ないんじゃないかな」

「やったぁ！」

合格の言葉が嬉しくて、ロザンナは試験管を持ったリオネルの手を包み込むように両手でギュッと握りしめた。

そのまま身を翻して書棚へと向かい、そこから本を一冊引き抜いてから、慌ただしくリオネルの元へ舞い戻る。

「次はどの魔法薬の作り方を教えてくれますか？」

そわそわしながらのロザンナのお願いにリオネルはさらに顔を赤くし、思わず試験管を取り落としそうになる。

「えぇと、そうですね。……それでは毒消しなんてどうでしょう」

「毒消し！」

目を輝かせてパラパラとページをめくりだしたロザンナへと、リオネルは緊張気味に近づき、本と愛らしい横顔を交互に目を向ける。

しかし、小さく響いた咳払いに視線を上げ、勢いよくロザンナと距離を取った。

ロザンナも気配につられて戸口に顔を向け「あら」と呟き、そこに立っている人物に対し本を手にしたまま軽く膝を折ってお辞儀をする。

「アルベルト様、いらしていたんですね」

「あぁ。たまには様子を見ておかないと、と思って。俺の嫁候補が世話になってるから」

「ただの候補者のひとりに、そんな気遣い不要ですわ」

面白い冗談だと笑うのはロザンナだけ。

アルベルトはにこりともせず冷めた目でリオネルを見つめ、リオネルは赤らんでいた顔を青白くさせて、「アルベルト様がいらっしゃったと師匠に伝えてきますね」とぎこちない足取りで部屋を出ていった。

「……どうしたのかしら」

「いろいろ悟ったんだろう」

「なにを？」

「わからないなら気にするな」

はぐらかされたことにロザンナが納得いかない顔をすると、やっとアルベルトにいつもの明朗さが戻ってくる。

ぱたりと閉じた本をテーブルに置いたロザンナに歩み寄り、逆に問いかけた。

「それより、はしゃいでいたみたいだが、なにか嬉しいことでも？」

「ええ。しばらく来られなかったので、その間、回復薬作りに励んでおりました。決められた濃度別に仕上げることには成功したのですが、低濃度にするのがなかなか難しくて失敗作がこの三倍ほど。自室に隠しましたけど、トゥーリに気づかれないことを願うばかりですわ」

「そっか。じゃあ、それは俺が引き受けることにしよう。また近いうちにエストリーナ邸にお邪魔するよ」

「一ヶ月ほど前にいらしたばかりなのに？」という疑問は飲み込んで、「はい、お待ちしております」とロザンナは微妙な笑みを浮かべた。

しばらくアルベルトは並べ置かれたロザンナ渾身の回復薬を手に取って、無言で眺め続けた。

あまりにも真剣な眼差しに、ロザンナも静かにその様子を見守っていると、「これも持って帰りたいくらいだ」と彼がため息まじりに呟く。

「アルベルト様の研究は進んでおりますか？」

前回のエストリーナ公爵邸への訪問で、薬効、とくに回復薬のさらなる増強を目的に、密かに研究を進めていると彼から教えてもらったのだ。

幾分表情が芳しくないように見えて小声で質問すると、アルベルトは回復薬をテーブルに戻しながら肩を竦めてみせた。

「簡単にいくとは思っていないけれど、やっぱり難しい」

「そうですか。アルベルト様にはよくしていただいていますから、私もできる限り協力させてもらいますね」

こうしてゴルドンとつながれたのもアルベルトのおかげであり、感謝の念を抱くたび思うことがある。

花嫁候補でなくなったあとも、友人と呼べるような今の関係を続けていけたらと。

一国の王子相手に友人。なんて大それたことをとロザンナが自分の考えに気恥ずかしくなったとき、アルベルトの手が頬に触れた。

「ありがとう。それじゃあロザンナにはここじゃなくて俺のところに通ってもらおうかな」

「えっ？」

怪訝な声をあげ、不審なものを見るように頬をくすぐる細長い指先へ視線を落とすと、アルベルトが苦笑する。

「……って、そうしたいのは山々だけど、ロザンナと一緒に研究所に行ったり、四六時中連れて歩いたりするわけにはいかないからな。今まで通りでいい。もちろんあのふたり以外には力がバレないよう注意するように。……あぁでも、ここはここで、見張りをつけておいたほうがいいかもしれないな」

つけられた注文も、その後ぶつぶつ呟かれた独り言も、ロザンナの耳を右から左へと素通りしていく。

その間、アルベルトの手が頬から離れなかったからだ。しかも片手だけだったのが両手になり、触れるだけでは飽き足らず頬をつまみ始めた。

「そろそろよろしくて?」

ロザンナが真顔で勢いよく手を払い除けると、アルベルトは楽しそうに肩を揺らす。

「そんなに嫌そうな顔をしないでくれないか? 俺たち夫婦になるかもしれないのに」

心にもないことを。「ふふっ」と冷めた顔で笑い返し、ロザンナはアルベルトに背を向けた。

頑張った結晶である回復薬をゴルドンにも見てもらおうと、試験管立てを棚から取り出すべくロザンナは背伸びをする。

自分の頭よりも高い場所に置かれてあるからだ。

しかし、試験管立てが指先に触れると同時にそれはアルベルトによって掴み取られて、棚のさらに上段へと移動した。

信じられないとアルベルトを見るも、彼から冷ややかに見つめ返され、ロザンナはたじろぐ。

それならばとほかの試験管を掴み取ろうとしたが、ことごとくアルベルトに邪魔されて、ロザンナは「アルベルト様！」と声を荒げた。

「どうして意地悪するんですか！」

「わからないお前が悪い」

ロザンナとアルベルトが睨み合うそこへゴルドンがやってきて、「おや」と苦笑いする。

「君たち、なにをやってるんですか？」

「アルベルト様が意地悪するんです！」

「意地悪されたのは俺のほうだ」

ゴルドンの問いかけにふたりはいっせいに反応し、「痴話喧嘩ですか」というあきれ声にも「違う」、「違います」と声を揃えた。

「まぁまぁ」と宥《なだ》めつつ、目についたロザンナの回復薬にゴルドンは歩み寄る。

「少しばかり顔を見ませんでしたが、ぼんやりしていたわけではなさそうですね」

先のふたりと同じように試験管を手に持って感想を述べたあと、「上出来です」と褒め言葉を加える。

ロザンナは隣に立っているアルベルトへ嬉しさいっぱいに笑いかけたのち、テーブルに置いておいた魔法薬の書物を両手で掴み取った。

「今日の診察が終わってゴルドンさんの手が空くまで、リオネルに魔法薬の続きを教えてもらいます。お父様に言われたらまたしばらく来られなくなるかもしれないし、今のうちにやれるだけやっておかないと」

アルベルトの眉が不機嫌にしかめられた。その様子にゴルドンは再び苦笑し、今にでも部屋を飛び出して行きそうなロザンナを「待って待って」と呼び止める。

「きっともうここに来るのを止められることはありませんよ。宰相殿の心はアルベルト様と私でうまく掴んでおきましたから」

「おふたりが？　だから突然外出の許可が下りたのね。感謝します。……でもどうやってあの手強い父を納得させたのですか？」

自分の知らないところでふたりが動いてくれていたことに感激しながら問いかけると、アルベルトが不満げな表情を崩さぬまま答えた。

「この前城内でスコットを見かけたから、お前をベタ褒めしておいた。町の診療所の手伝いをしていると聞きました、なんて素敵な女性なんだ、まるで女神のようだ、とね」

心のこもっていない口調で褒め言葉を並べられ、ロザンナは「それはそれはありがとうございます」とアルベルトに対して真顔になる。一方のゴルドンはどこまでも楽しげだ。

「私のところには昨日いらっしゃったよ。迷惑をかけているのではと心配していたから、逆に助かっていると。それから、こっそりやってくるアルベルト王子とふたりっきりで楽しそうに過ごしていますとも」

「信じられない」と目を見開いたロザンナに、ゴルドンは「見たままですよ」とあっさり返す。

微妙に不機嫌なアルベルトをちらりと見てから、ロザンナは受け入れるようにこくりと頷いた。

「アルベルト様の名前を出せば父には効果的かもしれませんね。それなら私もアルベルト様に認めてもらいたくて診療所で手伝いをしているとでも言うことにします。それで問題は解決ね」

すぐさま「足りないな」とアルベルトは指摘し、ロザンナの頭を手荒に撫でた。

「俺に好かれるためには手段を選ばないとでも言っておけ。ただの嫁候補のひとりでしかないんだろ？」

「ええそうですね。そのようにいたします」

自分の頭を撫で回す手をムキになって払い除け、ロザンナは恨めしげに手櫛《てぐし》で髪を整え始める。

ゴルドンは小さく笑ってから、「アルベルト様、少しお話しよろしいですか？」と部屋を出るように促した。

すぐさま「あぁ」とアルベルトも姿勢を正しゴルドンに続くが、戸口をくぐる直前にロザンナを振り返る。

「次会うとき、つけていなかったら拗ねるからな」

「なんのことですか？」

「髪飾りだよ」

ちょっぴり照れているようにも見える顔で低く甘やかに言い残し、アルベルトはゴルドンと共に部屋を出ていった。

あらためてロザンナは自分の髪に触れ、自室の鏡台に置きっぱなしの蝶の髪飾りを思い浮かべた。

髪飾りはもらったあの日以来つけていない。なんとなくそんな気になれなかったのだ。

アルベルト様はなにを考えているのだろうかと、ロザンナは顎に手を当て頭を悩ませる。

拗ねられても面倒くさいだけ。仮に父の前でそんな態度をとられたらもっと……。

そこでロザンナはハッとし、彼が出ていった扉をじろりと睨みつける。

「わかっただわ。困った私を見て笑いたいのね。本当に意地悪！　今まで優しくて素敵な人だって思ってたのに、見事に騙されたわ」

おそらく次会うのは、彼がエストリーナ公爵邸に回復薬の失敗作を回収しに来るとき。

こうなったらいつ来てもいいように髪飾りを毎日つけてやる。思い通りにはさせないんだからと、ロザンナは拳を握りしめた。

そんなふうに息巻いたものの、すぐにやってくるだろうと思っていた姿はロザンナの前になかなか現れなかった。

きっと忙しいのねと頭の片隅で思いながらも勉強やら診療所通いで忙しく、あっという間にまた半年が過ぎていく。

診療所で試験管立てを戸棚に戻そうとして、ロザンナは動きを止めた。静かに背後を振り返り見ても、やっぱりそこにアルベルトはいない。

これまでは彼はどうしているのだろうと思いを巡らす程度だったが、一昨日、十四歳の誕生日を迎えた途端心境が変化した。

十四歳。それはロザンナにとって気が重くなる歳である。

もうすぐ両親が事故を起こし命を落とす。両親だけでなくアルベルトにまで負の連鎖が起こるのではと嫌なほうに考えが及び、なにかあったのではないかと、不安で動けなくなるのだ。

毎日つけている蝶の髪飾りに触れながら、大きく息を吐き出して唇を引き結ぶ。立ち向かい乗り越える力を持つために、頑張ってきた。今度こそ大丈夫。きっと大丈夫。

ロザンナは気持ちを切り替えるべくしっかり顔を上げ、試験管立てを棚に戻して部屋を出た。

待合室から賑やかな話し声が聞こえてきて自然と足をそちらに向けると、ゴルドンとリオネル、そしてこれまでの九回の人生でも見たことのない若い男性が立っていた。

患者さんかしらと一瞬考えたが、男性の表情は溌剌《はつらつ》としていてそうは見えない。

今はちょうど患者がいなく休憩中のようだが、朝から診察し通しのゴルドンのほうが少しくたびれていて不健康に見えた。

ロザンナに気づいた男性から、「ロザンナさん、こんにちは！」と声をかけられ、ロザンナも挨拶を返しながら彼らに近づく。

男性は軽装ではあるけれど、腰元には剣が備えられている。

鞘《さや》に付いている見覚えのある十字の紋章が入った青色のクリスタルチャームに目を止めて、ロザンナはわずかに首を傾げた。

「第二騎士団の方ですか？」

「はい！　詳しいですね」

今はアカデミーの学生であり、後に騎士団員になる兄が剣の鞘に同じものを付けていたので、とは言えず、ロザンナは曖昧に笑ってごまかした。

「アルベルト様はお元気ですか？　ここ半年、姿をお見かけしていないので」

ロザンナの何気ない質問に、騎士団の男性は気まずそうな顔をする。頭をポリポリとかきながら、歯切れ悪く答えた。

「アルベルト様は二週間ほど前に隣国へ視察に。それ以前は、……いろいろとお忙しそうでしたよ」

「いろいろ？」

再びの質問には完全に黙ってしまい、代わりにリオネルが喋りだす。

「アーヴィング伯爵の娘さんと一緒に街を歩く姿をよく目撃されてたみたいだね。少し前まではロザンナさんの元に通い詰めていたっていうのに。気が変わったのかな」

「こら！」とゴルドンにたしなめられてリオネルは口を閉じるも、まだまだ言いたりなさそうにロザンナをちらちら見ている。

「アルベルト様がよくお話しされるのは、ロザンナさんのことだけですよ。数日後には隣国からお戻りになります。そうしたら一番に会いに行かれるのはロザンナさんだと思います。だからあまり気になさらないでください」

騎士団の男性から気遣わしげな目を向けられ、ロザンナはにっこりと微笑み返した。

「いいんです。お変わりなければ、別にそれで」

表情とは違い、少し刺《とげ》のある声でロザンナが言葉を返すと同時に、一気に患者が四人ほど診療所に雪崩れ込んできて、ゴルドンが慌て始める。

「あぁ、もうこんな時間か。すまないがカロン爺に薬を届けに行ってくれないか」

「はい。私が」

ゴルドンの声に応えてすぐさま動きだしたロザンナにリオネルが「俺も一緒に」と

手を伸ばすも、さらに患者がふたり増えたことでその手を引っ込めざるを得なくなる。

調合室へ戻り、今朝方ゴルドンが調合した栄養薬をカゴに入れ、人であふれかえった待合室に舞い戻る。

「行ってきます」と、騎士団の男性と一緒にロザンナは診療所を出た。

騎士団の男性とは診療所の前で別れ、ロザンナは急いでカロン爺の家へ。

診療所の裏にある林を抜け、北へ進むと程なくして立派な家屋が目の前に現れる。カロン爺は花業を営んでいるため、広い庭には花壇や温室がいくつもある。

持ってきた栄養薬は、人ではなく植物に与えるもの。ゴルドンの手により調合された栄養薬は花が瑞々しく長持ちすると評判だ。

呼び鈴を鳴らして戸口に出てきたカロン爺の息子に薬を手渡せば任務は完了。だったのだが、家の奥からカロン爺も姿を現しお喋りを始めたため、ロザンナはしばらく足止めを食らうことになる。

解放されたときにはもう日は暮れていた。

それでもまだ慌ただしいだろう診療所の待合室を思い浮かべながら、ロザンナはすっかり薄暗くなった道を急いで戻っていく。

しかし、診療所裏手の林に入った瞬間、妙に胸がざわめき、ロザンナの足が止まる。なんだろうと辺りに視線を巡らせるも林の中はさらに薄暗く、その原因を見つけられない。

気のせいだろうと思い直し、再び歩き始めたとき、風がふわりと吹き抜けた。ロザンナの鼻腔を血の匂いが掠め、今度こそ足は完全に停止した。

耳を澄ますと、カサリと葉が鳴った。さらに神経を研ぎ澄ませると、荒い息遣いと苦しげな声を耳が拾う。

誰かいる。それも怪我を負った誰かが。確信と共に、気配がするほうへと身体を向け、ロザンナはゆっくり歩きだす。

林は一本道で、それを外れると大きな岩や背の高い草が邪魔して歩きづらい。薄暗闇に恐怖心を煽られるが、ロザンナは進むのをやめなかった。

「誰かいるの？」

ぽつりと声をかけても返事はないが、苦しげな息遣いはかすかながらもたしかに聞こえる。

慎重に歩を進めながら岩陰へと視線を落とし、捕らえた人影に息をのむ。

黒い外套《がいとう》に包まれた身体の大きさから男性だろう。頭部と口元は布で隠され目しか見えないが、苦痛に耐えている状態なのはハッキリと見て取れた。

男が顔を上げ、しっかりと目が合った。赤くぎらつく瞳にかかった黒髪も燃えているかのようにちかちかとオレンジの輝きが混ざっている。

薄暗闇の中だからか余計に目立って見えた。

これは火の魔力を有する者が魔力を発動中、もしくは発動後の名残りとして身体に現れる特徴でもある。

何者かと戦い負傷し、ここへ逃げ込んできたところだと考えて間違いないだろう。すぐそばに彼に相対した敵がいるかもと考えれば急にこの場が危険に思えてきて、ロザンナは恐怖で背筋を震わせる。

男はおもむろに視線を逸らし、腹部を手で押さえながら立ち上がろうとする。むっと漂ってきた血の匂いにある光景を呼び覚まされ、ロザンナは咄嗟に外套の上から彼の腕を掴んだ。

「動いちゃだめです。怪我してますよね。しかもとてもひどい」

手を振り払われはしなかったが、男から返される鋭く攻撃的な眼差しにロザンナは怯みそうになる。

下手に動いたら命を奪われるかもしれない。そう思うのに、どうしても手を離せない。

「こう見えても、私は聖魔法が使えます。あなたに害を及ぼすつもりはないわ。ただ見過ごせないだけ。……だから座って」

賭けるような気持ちで、ロザンナは強くハッキリ要求する。

相手がどんな輩かわからないのに放っておけないのは、苦しげなその姿が馬車事故に遭い、息を引き取る間際の両親の姿とどうしても重なるからだ。

「あなたを救いたい。救えなかったら、私が今を生きている意味がないから」

男にかけた言葉は、自分自身に言ったものでもある。

ロザンナは男の腕を掴んだまま、ゆっくりその場に膝をつく。

男は中腰のままじっとロザンナを見つめていたが、痛みに顔を歪めて崩れ落ちるように地面に尻をつけた。

それを治療への同意とみなして、ロザンナは腕から下げていたカゴを地面に置き、

「失礼します」と呟きながら外套に手をかけた。

左腹部に大きく広がる黒いシミは、大量の血。

シャツをまくって鋭利な物で切られたような傷口を目視したあと、ロザンナは短く息を吸い込んで患部に右手をかざし、そっと目を閉じる。

治癒方法に関してゴルドンに一から教わったわけではない。しかし、目で見て理解し、試しに挑戦したときもしっかり成功したため、できるはずだ。

自分のすべてを総動員させるように、手のひらに気を集中させる。彼から伝わる冷たさが手に、腕に、身体に絡み、ロザンナをのみ込もうとする。

まだまだ足りない。この程度では救えない。彼も、両親も。……そんなの嫌。絶対に救ってみせる。

強い思いが大きく膨れ上がる。右手だけでなく左手もかざし、ロザンナは歯を食いしばった。

手のひらがひどく熱い。それに耐えていると、自身にまとわりついていた気味悪い冷たさが徐々に引いていった。

そこまでいけばあと少し、自分の持てるすべてを彼に注ぎ込むだけ。

ロザンナはゆっくりと目を開け、傷口がしっかりと塞がっているのを確認し、ホッと息をつく。

口の覆いが邪魔で表情がわからないものの、苦しげだった呼吸音も止んでいるため、ひとまず危機は脱したと思っていいだろう。

外套の隙間から、腰の右側に短剣を携えているのがちらり見えた。

しかも柄には見覚えのあるクリスタルチャーム。騎士団員の証であるそれを持っているということは、少なくとも目の前にいる男は悪党ではない。

回復した途端襲われる危険はないだろうと考え安堵するが、同時に疑問も浮かぶ。

騎士団員は所属ごとに持っているクリスタルの色が違う。第一騎士団は赤、第二は青、第三は黄色のはずだが、目の前の彼が所持しているのは紫だ。

自分が知らなかっただけで第四騎士団まであるのか、それとも秘密の組織でもあるのか。一気に興味が湧くも、気軽に聞ける間柄ではない。

しかも、ロザンナの視線に気づいた男がクリスタルチャームを外套の下に隠し、あまり見られたくないのか露骨に顔も逸らしだす。

これ以上関わりたくない。男にそんな態度を取られても、手を出してしまった以上、責任は最後まで持つべきだろう。ロザンナは熱く話しかける。

「すぐそこに診療所があるわ。出血も多かったし、見習いの私の治療じゃなんだか心許ないし、ちゃんと見てもらったほうがいいと思います。先生はとっても腕利きだから」

しかし、男は俯いたまま首を横に振る。

いくら歯痒くても相手が自分より大きな男性では無理に連れていくこともできず、

ロザンナは諦めたように立ち上がる。

「それなら回復薬を持ってきます。すぐに戻ってくるから、ここで待っていなさい」

命令口調で言葉を並べたあと、何度か男のほうを振り返り見ながら、急ぎ足で歩きだす。

必死だったため過分に力を使ってしまったようで、林の中を進む途中で足元がふらつき、ロザンナは近くの木の幹に手をついた。

けれど、こんなところで立ち止まってはいられないと、両足に力を込めて前に進む。

診療所に辿り着いた瞬間、ちょうどゴルドンがランタン片手に外へと出てきた。

「ゴルドンさん！」

「あぁよかった。そろそろ迎えが来る時間なのに、なかなか帰ってこないから探しに行こうと思っていたところでした」

ロザンナは勢いそのままにゴルドンの目の前までやってくるも、顔を見てホッとしたからかがくりと足の力が抜けて倒れそうになる。

「どっ、どうしました？　……それは血ですか？　どこか怪我を⁉」

身体を支えると同時に、ゴルドンはロザンナの手に血が付着しているのに気づき、目を見開く。だけど、ロザンナはすぐに手を横に振って否定する。

「私じゃないの。裏の林に怪我をしている人が。その場で傷口は処置しました。でも大量に出血していたみたいだから、回復薬だけでも持っていってあげようかと」

「……わかりました」

ゴルドンは真剣な面持ちでそう答えて戸口にランタンをかけると、素早く診療所の中へ移動する。

ロザンナはゴルドンを追いかけるが目眩に襲われ、待ち合い室の中程で足が止まった。

なんとか倒れ込むことなくその場に留まるが、カゴを手に戻ってきたゴルドンが、ふらついているロザンナに気づき、慌てて駆け寄る。

「ロザンナさん、あとは私に任せてくれてかまいません。座って休んでいてください」

「……いえ。私も行きます」

ロザンナは力強く首を横に振って拒否してから、ゴルドンが持つカゴを半ば奪い取り、「案内します」と先頭をきって歩きだした。

夜の帳《とばり》が落ちた林の中を、ゴルドンが持っているランタンの明かりを頼りに進んでいく。「この辺りから中に」と、記憶を頼りにロザンナは小道を外れ、岩を見つける。

しかし、岩陰に男の姿はなかった。

「ここにいたんです。でもそんな……どこに行ってしまったのよ」

一瞬、場所を間違えたかと考えたが、岩のそばには少し前までロザンナが持っていたカゴがポツンと残されているため、やっぱりここで合っている。

すぐさま周囲に視線を巡らせるが暗いせいで手がかりを見つけることはできず、ロザンナは「待っていなさいって言ったのに」と文句がちに呟く。

一方、ゴルドンは岩のそばでしゃがみ込み、頼りない明かりの元で注意深く観察していたが、おもむろに立ち上がり大きく声を発する。

「いるなら痩せ我慢せずに出てきなさい。私たちは敵じゃない」

暗闇に呼びかけるものの気配すら感じられず、ゴルドンはボリボリと頭をかきながら諦めの息をつく。

「たしかにひどい出血の痕跡があるが、動けるようだしあとは自分でなんとかするでしょう」

「それならいいんですけど」

ロザンナは回復薬の入っているカゴへと視線を落とす。

無理に動いたことで、もしかしたらこの林のどこかで倒れているかもしれないと考え、後悔がロザンナの胸を締め付ける。

ひとりで場を離れず、無理にでも彼を診療所に連れていくべきだったのかもと。

どれだけ後悔を募らせても、今さら遅い。彼が安全なところへ逃げられますようにと祈るしかできない。

「診療所に戻りましょう」というゴルドンのひとことで、ふたりは引き返す。カゴをふたつ持って歩くロザンナへ、ゴルドンがぽつり問いかける。

「負傷者の性別は？　なにか特徴などありましたか？」

「男性で、おそらく火の魔力を有していると思います。でもわかったのはそれだけです。外套をまとって顔も隠していましたし、声も聞いてない。昼間だったらもう少し情報も得られたでしょうけど、ほかにはなにも……」

そこでロザンナは「あっ」と声を発する。抜け落ちかけていた記憶を慌てて手繰り寄せるものの、話すのに少しばかりのためらいが生まれた。

ゴルドンも急に黙ったロザンナの様子が気になったのだろう。「どうしましたか？」と不安げに尋ねた。

「たぶん、騎士団の方だと思います」

「騎士団員ならこれ以上の心配は不要ですよ。兵舎に戻れば高度な医術が受けられますから。……ほかにもなにか気がかりが？」

それでもロザンナの表情が晴れず、ゴルドンが質問を追加する。やや間を置いてから、ロザンナは思い切って口を開いた。

「騎士団員のクリスタルチャームって、所属ごとに色がわかれていますよね。赤と青と黄色。……それ以外の色はありますか？」

ロザンナの視線の先で、ゴルドンがわずかに目を見張る。辺りに気配がないのを確認したあと、囁くように答えた。

「第一から第三、だから色も三つだけ……一般的にはそのように知られていますが、実際はそれ以外にも存在しています。ただ表立って活動していないから、その存在もおおやけになっていないだけで」

「あるんですね」

「ちなみに何色でした？」

「たぶん、紫色だったように思います」

アルベルトから、ゴルドンが聖魔法師として第一線で活躍していたのを聞いている。そのとき、秘された部隊に属する者たちを治癒したこともあったのだろう。

それに、訪ねてきたあの騎士団員のように今もなお彼を慕っている人は多いのではと考え、ロザンナは失敗したと肩を落とす。

「腕利きの先生だなんて遠回しに言わないで、ゴルドンさんの名前をハッキリと出せばよかった。それなら素直に診療所についていく気にもなったかもしれないのに」

不意に、ゴルドンの足が止まる。それにつられて振り返ったロザンナは、あまり見せない厳しい眼差しに捕らえられ息を詰めた。

「予想通り、その男は私を頼りにやってきたのかもしれません。しかしロザンナさんに治癒してもらってその必要がなくなった。だから、誰かに見つかる前に姿を消したと考えるべきです」

ゴルドンはゆっくりとロザンナに歩み寄り、ほっそりとした肩に両手を乗せる。

「大事なことを言わせてください。私のところにいたら、また運悪く姿を見かけるときもあるかもしれません。でももう決して関わらないでください。知りすぎてしまったら、助けた相手にあなたが命を狙われます。すべて私に任せて、距離を置いてください。ロザンナさんになにかあったら、宰相にも王子にも顔向けできませんから」

「……わかりました」

今になって振り返ると、たしかに考えなしだった。

一歩間違えたら目撃者とみなされ命を奪われていたかもしれないし、今回はたまたま騎士団員だっただけで相手がただのならず者だったら……。

俯き身震いしたロザンナへ、ゴルドンは微笑みかけた。

「しかし、行動は立派ですよ。さすが私の一番弟子です」

「とっても嬉しいですが、一番はリオネルに譲ります。不機嫌になってしまいますから」

ふふふと笑みを交わすと、自然と止まっていた足が動きだす。診療所の前には、噂に上がったリオネルとロザンナを迎えにきたトゥーリの姿。

「言ってくれれば俺がロザンナさんを迎えに行ったのに」と膨れっ面のリオネルに、ロザンナとゴルドンは顔を見合わせて笑った。

診療所に入りカゴを片付けたあと、ロザンナは血がついていることをリオネルとトゥーリに気づかれないようにしっかり手を洗う。

「そろそろ戻らないとお時間が」と門限を気にするトゥーリに急かされつつ、ゴルドンに軽く挨拶を済ませてから外に出て、待っていた馬車へと乗り込んだ。

座席へと沈むように腰を下ろして気怠く息をついたロザンナへと、トゥーリは不満げな顔をする。

「とってもお疲れのご様子ですね。……まさか、こき使われていたりなんて。やっぱり私もご一緒させてもらったほうが」

「そんなわけないじゃない。平気よ、まったく疲れてないわ。なんの問題もない」

目を光らせている彼女の前でゴルドンはロザンナに指示を出しにくく、ロザンナ自身も動きづらい。

学ばせてもらいにきているのに迷惑になるのは避けないと、とゴルドンのところにいる間はひとりで大丈夫だからと必死に説き伏せたのだ。

背筋を伸ばして席に座り直す。

車輪の音だけが響く中、林の中での出来事を思い返して、ロザンナは自分の両手に視線を落とす。

血はきれいに洗い落とせても、男の鋭い眼差しは記憶から消せそうにない。

込み上げてくるのは怖いという感情ではなく心配。

敵に見つかることなく兵舎に戻れただろうか。ちゃんと診てもらっただろうか。苦しんでいないだろうか。

そこまで考えて、ロザンナはふわっと欠伸《あくび》をする。

トゥーリと目が合いシャキッとしなくてはと思うも、眠気に襲われて徐々にまぶたが重くなっていく。

ぼんやりとする意識の中で「もう決して関わらないでください」と言ったゴルドンの顔が浮かび、このまま今日のことを心の奥底に眠らせるべきですかとロザンナは問いかける。

完全にまぶたを閉じたとき、馬の嘶《いなな》きが大きく響いた。慌てて目を開けて、同じく驚いているトゥーリと視線を交わす。

窓の外に見えたのは、帰り道の途中にあるパン屋。店先に下げられたランタンの明かりが、不安げに通り過ぎていく人々の姿を浮かび上がらせる。

馬車も止まったままで動かないため、「なにかあったのでしょうか」とトゥーリが戸を開けて外へ出た。

人々がひどくざわめいているのを感じてロザンナも中に留まっていられなくなり、すぐさま後に続く。

「どうしたの？」

「事故のようです」

御者から返ってきた言葉に、ロザンナの鼓動が重々しく響いた。

人が集まっている方へと、ロザンナは歩きだす。トゥーリが「お待ちください」と叫ぶも、ロザンナの足は止まらない。

時折よろめくのは、先ほど力を酷使したのが響いているからか、それともこれから目にする光景の中に両親の姿があるかもしれないという不安からか。

そうであってほしくないが、しかしその日は確実にやってくる。

怖いけれど、目を背けるわけにはいかない。両親を救うために、これまで頑張ってきたのだから。

「……事故？　まさか」

拳を握りしめながら路地裏へ入り、人々の間をすり抜けた瞬間、足が止まる。地面には馬と男が横たわり、血溜まりの上でぴくりとも動かない。

ロザンナが唇を噛むと、横に並んだトゥーリが小さく悲鳴をあげる。男はエストリーナ家に仕えている御者のひとりだ。

「お父様、お母様」

急き立てられるようにロザンナは馬車に歩み寄る。開いていた戸から馬車の中を覗き込むと、そこに母の姿があった。

「お母様！　しっかりして」

頬や服が赤く染まっていて、息も絶え絶えだ。と同時に、「しっかりしろ!」と声が聞こえ、ロザンナは外へと視線を戻す。

馬車の反対側へ回るとそこには、男性に抱き抱えられた父の姿。母同様、血を流しぐったりとした状態。

「トゥーリ! 今すぐゴルドン先生を呼びにいって。早く!」

ロザンナから力強く指示を出され、呆然と立ち尽くしていたトゥーリはハッと我に返る。「はい!」と声高に返事をし、勢いよく身を翻した。

「お父様、あと少しだけ頑張って!」

涙を浮かべながら呟き、ロザンナは馬車の中へと戻り、母と向き合う。

「怖気付《おじけ》いちゃだめ。やるのよ、ロザンナ。大丈夫、さっきのようにやればいい。救えるわ」

大きく息を吸い込み、ロザンナは母の赤く染まった腹部に両手をかざした。

母を救いたい。その一心で力を注ぎ込む。

ロザンナの手が輝きを放ち、感じていた気持ち悪い冷たさを押し戻していく。

光が徐々に母の身体を覆い尽くす。光の繭に抱かれた中で、母の呼吸が安定し、その目も薄く開かれた。

もう、大丈夫だ。本能でそう悟り、ロザンナは床へ輝きを保ったままの手をついた。光の余韻が母を包む傍らで、荒々しく肩で呼吸する。

母へと小さく微笑みかけてから馬車を降り、すぐさま父の元へ向かう。

スコットを抱き抱えていた男性が、やってきたロザンナのまばゆい手に驚きの表情を浮かべながらも、状況を口にする。

「襲われたんです、大柄の男に。大声をあげて人が集まりだしたら、逃げていきました」

ロザンナはスコットの腹部に押し当てていた布を退かす。傷口の状態から、母同様に鋭利な刃物で切りつけられたのをハッキリと物語っている。

どういうことかと動揺するも、考えるのはあと回しだとすぐに表情を引き締め、光り輝いたままの手を患部にかざした。

しかし視界が大きく歪み、思うように力が流れていかない。

もう力が残っていないと気づいても、それを受け入れることなどできるはずもなく、ロザンナは懸命に父と向き合う。

自分はどうなったっていい。絶対に助ける。

思いに呼応するように、手が輝きを増す。しかし、母のときのようにその輝きで父を包み込むには至らず、光は弱くなっていく。

この力さえあれば助けられると信じていた。けれど結局この程度では運命なんて覆せないのかもしれない。最悪の結末が頭をよぎり、ロザンナの目から涙が零れ落ちたその瞬間、横から伸びてきた大きな手がロザンナの手に重なった。

「よく頑張りましたね。もう大丈夫です」

聞こえた力強い声にロザンナは心の底から安堵する。そして虚ろに視界を移動させ捉えたゴルドンの真剣な横顔に、止めどなく涙があふれ出す。

「……お父様を、……どうか」

それだけ言葉を紡いで、ロザンナは崩れ落ちるように意識を手放した。

ロザンナが目覚めたのは、それから二日後のことだった。

力を使い果たしてしまったせいか目眩がひどくて歩くのもままならないため、ベッドに横たわったままでぼんやり天井を見つめていると、突然ばたんと扉が開かれた。

「ロザンナ！」

「アルベルト様」

慌てて入ってきたアルベルトにロザンナは目を丸くするも、すぐに上半身を起こそうとする。アルベルトは素早く歩み寄り、支えるように手を伸ばす。

「そのまま横になっていてくれ」

「いえ。そんなわけにいきませんわ。だって両親のお見舞いに来てくださったのでしょ？　ありがとうございます」

それぞれゴルドンに安静を命じられてはいるが、スコットとミリアも意識は戻り、屋敷の中でそれぞれの時間を過ごしている。十回目の人生にしてやっと、両親を助けることができたのだ。

「隣国からはいつお帰りになられたのですか？」

もしかしたら帰国したその足でやってきてくれたのではと期待を込めて、ロザンナはアルベルトを見つめる。

すると、アルベルトは問いには答えず、苦しそうに表情を歪め、きつくロザンナを抱きしめた。

「心臓が止まるかと思った。頼むからもう無茶はしないでくれ」

絞り出すように発せられた彼の声音には不安や切なさが滲んでいた。

アルベルトはロザンナから身体を離すと、そのままベッドに腰かけて小さく息をつく。彼が疲れ切っているのが伝わり、ロザンナの胸を締め付ける。

「……ご心配をおかけしました」

謝罪はしても、先ほどの彼の言葉に頷くことはできなかった。

これまでずっと、馬の暴走によって起こった事故だと聞いていた。しかし違った。あれは事故じゃなく、事件だ。襲撃されたのだ。

だとしたら、両親を救えたことを喜んでばかりもいられない。命を取り留めたために、また襲撃されるかもしれないのだ。

そのときも、命を賭して両親を助ける。だから、無茶をしないという約束はできない。

「アルベルト様、お話があります」

「……話？」

湧き上がる緊張を逃すように深呼吸してから、ロザンナは真摯に申し出た。

「花嫁候補を辞退させてください」

アルベルトが息をのむ。呆然と見つめてくる眼差しから逃げるように、ロザンナは瞳を伏せる。

「今回のことで強く思いました。聖魔法師になりたいと。この力を役立てたい。誰かを救える力をもっとしっかりつけられるように、この先はそれだけを集中して学びたいのです」アルベルトが花嫁に選ぶのはマリンなのだから、妃教育にかける無駄な時間を聖魔法にすべて注ぎ込みたい。

父に申し訳ないという思いはあるけれど、言ってしまったことに後悔はない。

アルベルトが「わかった」と頷くのをじっと待っていたが、その瞬間は訪れなかった。

アルベルトはロザンナの手を掴み、首を横に振る。

「嫌だ。辞退させない」

予想外の言葉にロザンナは瞬きを繰り返す。

「でも、アルベルト様……」

「どちらにせよロザンナはまだ十六歳で、一般で入学するには一年早い。妃教育を終えてから聖魔法を学べばいい」

「その一年が私には……」

「花嫁候補として入学すれば、一般の学生と共に聖魔法を学び始めることも可能だ。試験に通り、妃教育と両立する必要はあるが、一年を無駄にしたと感じずに済む」

頑として譲らないアルベルトに目眩を感じ始めたそのとき、掴まれた手が軽く引かれ、ロザンナの身体がわずかに前に傾く。

と同時にアルベルトも顔を近づけ、耳元で囁きかけた。

「ロザンナの熱意は応援する。……けど、候補から外れるのは無理だ、諦めろ。俺は絶対に君を手放さない」

呼吸を忘れたロザンナの頬に、アルベルトの柔らかな唇が押しつけられた。

「またすぐに、会いにくる」

ニコリと笑ってアルベルトは立ち上がる。少しの乱れもない足取りで、部屋を出て行った。

ロザンナはふらりと上半身を揺らしたあと、ぱたりと寝転ぶ。

「……り、理解が追いつきません」

ぽつりと呟き、力なく目を閉じる。

ロザンナはそのまま丸一日、混乱と共に眠り続けた。

三章、心、傾く

両親の死を回避してから、あっという間に一年と半年が過ぎた。

意識が戻ったあと、スコットとミリアはロザンナが光の魔力を有していた事実にひどく驚き、隠されていたことに不満げだった。

しかしゴルドンから、あの晩、両親を助けたくてロザンナがどれだけ必死だったかを聞かされ、ふたりはすぐに考えを改めた。

娘の能力を受け入れたあとは、ロザンナへの感謝の気持ちと愛情を繰り返し言葉にし、表情穏やかにそれぞれの時間を過ごした。

そんなふたりは半年ほどかけて体調を回復させた。

母ミリアは手芸など家の中でできる新たな楽しみに目覚め、必要以上に外に出ることはなくなってしまったが、父スコットは回復を待たずにすぐさま登城し、以前通り臆することなく精力的に仕事に勤しみ続けている。

とは言え、スコットからあの夜の恐れが消えたわけではない。

両親を助けるべく聖魔法を使うその姿はまさに女神だったと人々の間で話題になっ

ている自慢の愛娘が、今度は標的にされるのではと日々不安を募らせている。

そんな父からの診療所通いも含めてしばらく外出を控えてほしいという懇願を断れるはずもなく、ロザンナは魔法薬の書物を自宅で読みふける日々が続いたのだった。

アカデミー入学まであと一ヶ月。

準備に追われるロザンナだったが、入学前に父の命を救ってくれた恩人へ挨拶だけでもしておきたいと、久しぶりに診療所を訪ねることにした。


「こんにちは」

戸口から中を覗き込み、眉根を寄せる。

太陽が高いこの時間、普通なら大勢の患者で賑わっているはずなのに、待合室には誰の姿もない。

どうしたのだろうかと立ち尽くしていると、診察室からゴルドンが姿を現した。

「あぁ、ロザンナさん。久しぶりですね」

「ゴルドンさん、今日はお休みですか？」

問いかけると同時に、見知らぬ男性がゴルドンに続いて出てきた。

戸惑いながらお辞儀をするロザンナに、男性は紳士的に挨拶を返し、そのまま診療所を出ていった。

「しばらくの間、さっきの彼にこの診療所を任せることになったんです」

ゴルドンのひとことに、ロザンナは激しく動揺する。

「そうでしたのね。ゴルドン先生はこれからどうなさるの？」

「私もロザンナさんたちと一緒にアカデミーへ。ただし学生ではなく講師としてですが」

「まあ！　それでは入学後もゴルドンさんからたくさん教えてもらえますのね。とっても嬉しいです！」

今までの人生を振り返り、ゴルドンが講師だったことはなかったような？と動揺するが、しかしそれよりも、頼もしい味方を得た喜びが上回った。一気に表情を輝かせたロザンナに、ゴルドンは苦笑いする。

「アルベルト様の言っていた通り、聖魔法を学ぶ気満々のようですね。妃教育だけでも大変だと聞いていますが、大丈夫ですか？」

「少し不安でしたが、ゴルドンさんとのご縁が続くと聞いて、俄然《がぜん》やる気が出てきました。頑張ります。……どちらも」

力強い宣言は最後だけ小声になる。

花嫁候補の辞退は、アルベルトに拒否され叶わなかった。

後日、届いた入学手続きの書類を眺めながら、入学予定が一年早まっただけだと前向きに考えようとしたけれど、それもなかなか難しい。

その頃には、アカデミーで花嫁候補として過ごすその一年がなければ、もっとたくさんゴルドンから学べただろうにと惜しく感じるようになっていたからだ。

しかし、ゴルドンの居場所がここからアカデミーに移るとなると、未練はきれいさっぱり消えてなくなる。

前向きにひたすら頑張るという目標だけがロザンナの心に残った。

ロザンナはちらりとゴルドンを見て、ぽつりと問いかける。

「アルベルト様といろいろお話しされているようですね。……私のことをなにかおっしゃっていられましたか？」

ゴルドンは口元に微笑みを浮かべてから、ゆっくりと頷く。

「ええ。つい先日、ちょうど話をしたところです。アルベルト様は、あなたに嫌われているかもとひどく落ち込んでおられましたよ。なので自分なりの考えを述べさせていただきました」

なにを言ったのだろうか。ゴルドンの微笑みがなにかを企んでいるように見えてきて、急に怖くなる。

思わず身構えたロザンナへゴルドンはその内容を囁きかける。

「たしかあの事件が起こる前、アルベルト様がアーヴィング伯爵の娘さんと仲よく街を歩いていた話をしていましたよね。それがロザンナさんには面白くなかった。嫉妬されていたのでしょうねと」

「そっ、そんなことを、アルベルト様に言ったのですか！」

表情を強張らせたロザンナと、真剣な面持ちでゴルドンは向き合う。

「違いましたか？……それとも本当にアルベルト様に好意を持てませんか？　それなら力になりますよ。好きでもない相手の花嫁候補として一年もアカデミーに拘束されるのはおつらいでしょう？」

予期せぬ選択を迫られ、ロザンナはうろたえる。数分前なら確実に「よろしくお願いします」とゴルドンの手を取っていただろう。

しかし状況は変わった。自分が残ってもゴルドンはアカデミーに行ってしまう。

一年後、聖属性クラスに合格し再びアカデミーに入学できたとして、アルベルトはまだ在学中だ。顔を合わせることもあるかもしれない。

好きじゃないからと断ったら、そのとき非常に気まずい思いをするだろう。

ぐぬぬと思い悩んだ末、ロザンナは歯切れ悪く答えた。

「……じ、実はそうなんです。アルベルト様がマリンさんをお好きなら、私が妃教育を受ける必要などないんじゃないかと」

おほほと笑ってみせると、ゴルドンの視線がすっとロザンナを通り越した。

「ほら。私が言った通りでしょう？　女神だって嫉妬くらいしますよ」

まさかとロザンナは大きくうしろを振り返り、「ひっ」と声にならない悲鳴をあげる。いつの間にか戸口にアルベルトが立っていた。

「なんだそうか」とにっこり微笑みかけられ、ロザンナは「ふっ、ふふっ」と泣きそうな顔で笑い返す。

「それならそうと言ってくれたらよかったのに。久々の再会のところ悪いが、ロザンナは連れていく」

アルベルトはロザンナの手を掴み、そのまま診療所の外へと連れ出した。

外に待たせていた艶やかでたくましい馬の背にアルベルトは跨がり、そのままロザンナも引き上げる。

「待ってください。まだゴルドンさんとお話が」

「話ならこれからいくらでもできる。アカデミーで」

ロザンナは「でも」と食い下がろうとしたが、アルベルトの合図で馬が颯爽と走り出し、小さな悲鳴へと変わった。

疾走感への恐怖もさることながら、うしろからアルベルトに包み込まれているような状態に、ロザンナは落ち着かない。

「な、なにを考えていらっしゃるんですか？　どこに行くつもりなんですか！」

「お詫びの印に、ロザンナとデートをしようと思って」

「お詫びなんて必要ありません。アルベルト様がご自分の花嫁候補と共に過ごされただけなのですから」

言いながら、なぜか声音が暗くなる。

繰り返し見続けてきた、アルベルトとマリンの親しげな姿を思い出しつい顔を俯かせると、アルベルトからうんざりとため息が発せられる。

「アーヴィング伯爵の娘と頻繁に外に出ていたのは、ロザンナのことで贔屓していると指摘されてしまったからだ」

「私のことで？」

「あぁ、俺が頻繁にエストリーナ邸に出入りしているのが、どこからか漏れたらしい。

研究を手伝ってもらっているのだけは知られるわけにいかなかったから、彼女には目くらましになってもらうことにしたんだ。あちこち連れ回されて、正直疲れたよ」

疲れた。アルベルトから最後に零れ落ちた言葉に、ロザンナは面食らう。彼自身が望んでマリンと会っていたのだと、ずっと思っていたからだ。

この時点でアルベルトはまだそれほどマリンに好意を持っていなかったのか。だとしたら、彼女に気持ちが傾くのはきっとアカデミーに入学したあとのこと。

こうしてアルベルトと一緒にいられるのも今だけかもしれないと、ロザンナがぼんやり考えたとき、小さな笑い声が響く。

「でもまさか、ロザンナが焼きもちをやいてくれるなんて」

「お願いです。さっきの言葉はなかったことに」

「嫌だね」

意地悪な言い方で拒否されてロザンナはがっくりと肩を落とすも、道を行く人々がこちらに注目していることに気づいて焦りだす。

「アルベルト様、人目に付きすぎるとまた噂になって指摘を受けてしまいます」

「だったら今度はロザンナにずるいと言われたことにすればいい」

「やめてください。女の嫉妬って怖いんですよ。私はアカデミーでの一年を、煽らず騒がず穏便に過ごすつもりなんですから！」

「それは無理だろうな。ロザンナは女神様だから」

そのまま人の目を避けることなく、アルベルトは馬を走らせる。

ロザンナはしばらく顔を俯かせたままだったが、生活圏から離れて目に映る景色が自然豊かになり始めたところで、その表情が興味で輝きだす。

あまり街から出ることなく育ったため、物珍しいのだ。

平原から森へと入り、奥深くへとどんどん進んでいく。

やがて小川が現れ、そこでアルベルトは馬を止めた。先に馬を降りた彼の手を借りて、ロザンナも草地へと降り立つ。

「洒落たものがなくて悪いが、これが俺の望むデートだ」

ぽつりとかけられた言葉に、ロザンナは自然と笑顔になる。

「空気が澄んでいて、とてもいい場所ね」

小川の水を飲み始めた馬の元へ歩み寄り、ロザンナもきれいな水に指先で触れる。

「冷たい」とはしゃいだ声をあげてうしろを振り返ると、アルベルトは大木の根元に座り、幹に背を預けた。

そろりとロザンナもアルベルトに歩み寄り、その隣で同じように大木に寄りかかる。

「時々、こうしてのんびりしたくなる」

アルベルトはそう呟き、目を閉じた。そのまま肩に頭を乗せられて、ほんの一瞬ロザンナは目を大きくさせるが、ただ黙って穏やかに微笑む。

束の間の休息。彼の望む時間が流れる中で、ロザンナもゆったりとした気持ちで目を閉じたのだった。


一ヶ月後、ついに訪れたアカデミー入学日。

割り振られた寮の部屋にトゥーリを残し、ロザンナは人生九回目の式典が行われる大広間へ向かう。

大広間の中は本日入学が叶った学生や花嫁候補たちですでにいっぱいになっていて、皆一様に期待と不安の入り混じった顔をしている。

前回の入学式は死へ一歩近づいてしまった気持ちで気怠い顔をしていたロザンナだったが、今回は違う。

しっかり学んで、なおかつ生き残ってみせるとやる気を漲《みなぎ》らせていた。

「もしかして、ロザンナ・エストリーナ？」

突然斜めうしろから名を呼ばれ、ロザンナはドキリと鼓動を高鳴らせる。

聞き覚えのある声に思わず口元が綻ぶも、この場では初対面なのですぐに表情を引き締めて振り返った。

「はい、そうです。……あなたは？」

「突然なれなれしく話しかけてごめんなさい。私、ルイーズ・ゴダード。寮であなたの隣の部屋になったの。よろしく」

「あぁ、あなたがルイーズさんね。私もどんな方が隣か気になっていましたの。どうぞ仲よくしてくださいな」

顔を見合わせふふっと微笑み合ったとき、「ロザンナさん！」とまた聞き覚えのある声がかけられた。

視線を移動させると、一直線に駆け寄ってくるリオネルを見つける。

「お久しぶりです！　しばらく顔を見なかったけれど、元気でしたか？」

「ええ、おかげさまで。ゴルドンさんも講師で呼ばれていますし、私もリオネルと同じ授業を受けられるように頑張らないと」

「隣の席で学べるその日を楽しみにしているよ。それじゃあまたあとで！」

リオネルはにこりと笑って、学生たちの集まっているほうへと歩きだす。

軽く手を振りながら彼を見送っていたロザンナの隣にルイーズは並び立ち、こっそり問いかけてきた。

「今の方は、一般の学生ですよね。もしかしてロザンナさんはほかのクラスでも授業を受けるつもりでいるの？」

「ええそのつもりよ。学生として多くを学んで将来は魔法を生かした職業に就けたらと思っているの」

「実は私も魔法薬師に興味があって。仲間がいて嬉しいわ」

ロザンナの告白に、ルイーズが目を輝かせて握手を求めた。周りを気にしつつ、

「それにしても」と小声で話を続ける。

「驚いたけど、納得もしてる。あなたはアルベルト様のお気に入りだっていう噂で持ちきりだったから、入学後も花嫁候補としてまっすぐ進んでいくだろうと思っていたの。でも、街での活躍も聞いていたし、志を持っていたとしてもなにもおかしくないわね」

ルイーズの言葉に対し、ロザンナはわずかに肩を竦める。

「所詮は噂だわ。アルベルト様には惹かれている女性がいるようですから」

「これから惹かれるみたいですけど」と心の中で追加したとき、バンと大広間後方の扉が開いた。

学長に続いて、講師が列をなして入ってくる。その中にゴルドンの姿を見つけ、ロザンナはひとり笑みを浮かべた。

あらためて、これまでの人生でもゴルドンが講師としてアカデミーにやってきたことはあっただろうかと思いを巡らせるけれど、やはり過去の記憶の中に彼は存在していない。

続けて、花嫁候補たちから黄色い声があがる。アルベルトが大広間に入ってきたからだ。

凛とした王子そのものの顔で、彼は壇上に向かって進んでいたが、そばを通り過ぎる手前で目が合った。

ふっと笑いかけられ、ロザンナはつい口元を引きつらせる。

案の定、花嫁候補たちから明暗さまざまな声があがり、近くにいたマリンからも厳しい眼差しを突きつけられ、ぞくりと背筋が震えた。

数年前の初対面時は、彼女の姿がまだ幼かったため恐怖を感じなかったが、今は違う。

不機嫌な表情が九回目の最期に見た彼女の顔と重なり、怖くてたまらない。

「本当ね。アルベルト様にはもうすでに惹かれている女性がいるみたい」

「それは私じゃないわ。誤解だからね！」

ルイーズから意味深な目を向けられ、ロザンナは青ざめる。

九回目はマリンの嫉妬が死因につながったため、今回も要注意だ。彼女を刺激しないほうが身のためだと強く意識した。


無事に入学式を終えると妃教育クラスでの学びの日々が始まる。

王室や自国の歴史、立ち振る舞いのマナーからダンスまでしっかりと叩き込まれて、授業自体はつらいときもあるけれど、四十人全員ではなく何人かで分けられて順番に授業を受けていくため、空き時間はのんびりできる。

ロザンナが寮の自室でゴルドンに借りっぱなしの魔法薬の本をのんびり眺めていると、コンコンと戸が叩かれ、ルイーズが顔を覗かせる。

「あら、もう昼食の時間ですか？」

空き時間後、そのまま昼休憩に入るため、食事を共にする約束をしていたのだ。

学生たちは食事どきに学内の食堂に集まって食事をとるのだが、アルベルトと花嫁候補は別。アルベルトはどこかの特別室、花嫁候補たちは寮の自室に食事が運ばれてくる。

アルベルトは安全上の観念からだが、有力者の親を持つ花嫁候補たちに関しては食堂よりも豪華な食事が提供されるので、一般の学生の不満を煽らないためらしい。

慌てて本を閉じたロザンナに、ルイーズが軽く首を振りながら歩み寄る。

「図書館に行く途中でアルベルト様とお会いしたの」

「そ、そう」

にこやかに微笑み返しながら、「でしょうね」とロザンナは心の中で呟く。

共に空き時間だったルイーズから図書館に行かないかと誘われたのだが、ロザンナは断っている。

それはこの時間に図書館に向かうと、移動途中のアルベルトと出会う確率が高いからだ。

行かなくてよかったとほっとしたロザンナに、ルイーズが一枚の紙を手渡してきた。

「それでね、早速アルベルト様に薬学を学びたい旨を申し出たの。そうしたら、追加で試験を受けられるように話をつけてくださって。試験を受けられるのは今月だけだと聞いたわ、ロザンナも本気ならアルベルト様にお願いしたほうがいいかも。話が早いから」

試験の日時や場所が明記されている紙を見つめながら、断らなければよかったと後悔する。

花嫁候補が途中から一般の授業を受けるにはふたつの壁がある。

もうすでに一般の授業が始まっているため、ある程度進んでしまってからではついていけないだろうという理由で、入学後すぐでないと追加で試験を受けさせてもらえないこと。

それから、あれこれ手を伸ばして肝心の妃教育が疎かになってはいけないと、申請時に学園側から渋られてしまうことがあるのだ。

花嫁になる可能性が高いとみなされてる候補者なら尚《なお》さらで、父が宰相であるロザンナもそのひとりに名を連ねているだろうことは、簡単に予想がついた。

それでも、王子本人の口添えがあれば話は別で、すんなりことが運ぶ。

時間の余裕はあまりない。すぐにでもアルベルトを見つけなければと、ロザンナは紙をルイーズに返して椅子から立ち上がる。

「ありがとう。私も今からアルベルト様にお願いしてくるわ。昼食の準備はしておいて、そのあと一緒にいただきましょう。でも戻りが遅くなるようだったら先に召し上がって」

トゥーリとルイーズに声をかけつつ、ロザンナは部屋を飛び出した。

たしかこの時間、アルベルトがいるのは大階段の近くの教室だったはずだ。ある程度把握できていて助かったと今までの自分に感謝しながら、大急ぎで歩を進めた。授業はもうすぐ終わる。

大階段の下に到着し、すぐそばにある大きな扉を見つめながら息をつく。授業はもうすぐ終わる。ここで待っていたら、彼を見逃すこともないだろう。

階段や廊下を学生や花嫁候補たちが歩いていく。ちらちらと向けられる視線に居心地の悪さを感じ始めたとき、あの胸像に目が止まった。

そろりと歩み寄り、前回の直接的死因理由である初代学長を恨めしく見つめる。

顔の辺りを指先で突っついてみたが、今のところはびくりとも動かない。

ロザンナは腕を組み、難しい顔で胸像を見上げた。

学園の門をくぐったすぐのところにも、カークランドの建国者である一代目の国王の銅像があった。

初代学長の次はアルベルトの祖先に命を奪われる可能性もあるかもと背筋を震わせる。

「どうかしたか？」

不意に声をかけられ、ロザンナは「ひゃあ」と慌てふためく。

「驚かさないでください。アルベルト様」

いつの間にか教室の扉は開いていて、そこからぞろぞろと生徒たちが出てきている。銅像と睨めっこをしているうちに授業は終わっていたらしい。

生徒たちから何事だという視線を向けられロザンナは恥ずかしくて顔を赤らめるものの、さっさと用件を済ませなくてはと姿勢を正し、優雅にお辞儀をしてみせた。

「アルベルト様にお願いがあります。私も一般の授業を受けられるように、お力添えをいただきたいのです」

「あぁ。そろそろやってくる頃だろうと思ってた」

頷くアルベルトに、話が早いとロザンナも表情を輝かせる。

「早めに手続きをしないといけないと聞いたのですが。……アルベルト様の空いている時間を教えてくださいませ」

「そうだな。……お互い忙しいだろうし、休憩時間が減ってもかまわないなら、今行ってしまおうか？」

「本当ですか！　大丈夫です。感謝します」

「教務課でしたよね」と早速歩きだしたロザンナだったが、なぜか「あぁちょっと待って」とアルベルトに呼び止められた。

「口添えするにあたって、条件がふたつある」

「条件ですか？」

条件があったとは初耳だ。注意事項みたいなものだろうかと想像し、ロザンナは真剣な眼差しをアルベルトに返す。

「ひとつ。妃教育を優先すること」

やっぱりそういうことかと納得し、ロザンナは苦い顔をする。実はもうすでに、妃教育に関するすべてにやる気を出せないでいるのだ。

しかしここで了承しなくては先に進めないため、とりあえず頷き返す。

アルベルトは「よし」と呟き、続きを口にする。

「ふたつ。俺と一ヶ月に一回は必ずお茶を飲むこと」

「……い、今なんて？」

「俺との時間を作れと言っている。それくらいできるだろ？」

「本気ですか？」

渋い顔でロザンナが首を傾げると、アルベルトはすっと目を細めた。

「無理なら、俺も無理だ。ゴルドンの講義は諦めろ」

「なっ！　待ってください。……わかりました。三十分でも一時間でも、ご一緒させていただきます」

「短い。休日丸一日くらいの覚悟をしておけ」

アルベルトから眼差しで「さあどうする？」と問いかけられ、ロザンナはほんの数秒目を瞑《つぶ》る。

「わかりました」

ロザンナの力強い返答に、アルベルトは満足げな顔をし、「行くぞ」と歩きだした。

教務課では、「宰相殿には相談されましたか？」と事務員から思った以上に渋られ続け、「本当によろしいので？」とアルベルトにも散々確認する。

「妃教育を優先すると約束の上だ」とのアルベルトのひとことでやっと事務員が折れ、試験の手続きをしてくれた。

試験に関する書類を手にしたことで、ロザンナのやる気は満ちあふれていく。

別れ際に「ありがとうございます」とロザンナが心から感謝すると、アルベルトは「さっきの約束忘れるなよ」と念を押し、去っていった。

これまでアカデミーに入学すると同時にアルベルトから距離を置かれていたのに、これはどういうことだろうとそこはかとなく不安になる。

とは言え、花嫁候補としてここにいるのだから妃教育を優先せよと言われるのは当然。

ふたつめの条件も自分が知らなかっただけで、もしかしたら花嫁候補が一般の講義を希望したときに王子がこの条件を出さなくてはいけない決まりでもあるのかもしれない。

しかし、自室に戻りルイーズとの昼食の席についたあと、そうではないと知ることになる。

ルイーズの話を聞く限り、事務員から妃教育を疎かにしないようにと言われたらしいが、アルベルトから条件を出された様子はない。

賑やかな食事の途中で、自分が特別なのかと勘違いしてしまいそうだとロザンナはこっそりため息をつく。

マリンに恋をしたらどうせ離れていくくせにと、アルベルトを恨めしくさえ思った。

午後の授業は、妃教育クラスの責任者として君臨する眼鏡の女性講師メロディが、初代国王がいかに素晴らしい人物だったかと鼻息荒く話しだすところから始まる。

初代学長とは旧知の仲でアカデミー建設にも尽力したことなどを事細かに語られた。

歴代の国王、そして最後に次期国王となるアルベルトの優秀さに触れ、彼に相応しい女性になりましょうと決起の言葉でしめた。

ほかの花嫁候補たちが表情を引き締める中、その話を何度も聞いて飽きているロザンナは持ってきていた魔法薬の本をこっそり読み進めていた。

ルイーズもちらちらとロザンナの手元へ視線を向けている。彼女はロザンナの話を聞いてゴルドンに興味を持ったようで、ついさっき午後の授業が終わったら彼に会いに行こうと約束したばかり。

もちろんロザンナも、試験を受けられることになったと報告したかったため乗り気だが、アカデミーは広く、ゴルドンがどこで教鞭を振るっているのか見当もつかない。一般の学生に聞くしかないかと考えていると、ふわりと欠伸が出た。

その瞬間、メロディ先生と目が合い、ロザンナはしまったとうろたえる。

「ロザンナ・エストリーナ。授業は退屈ですか？　それとも自分には必要ないと？」

まるで心を見透かされたかのようでドキリとする。

「巷では女神ともてはやされているようですが、ご自分でもそう思っているなら驕りですよ。ここにいる誰もが、もちろんあなたも、まだまだ妃として半人前。欠伸なんていう気のゆるんだ態度などもっての外です。次回までに反省文を提出すること」

周りの視線が突き刺さる中、ロザンナは身体を小さくさせて「申し訳ありませんでした」と謝罪した。

自分を女神などと思ったことは一度もない。しかし、授業に対してやる気が起きないのは飽きた以外にも理由がある。

それは、アルベルトが選ぶのはマリンだと知っているから。

思いのままに反省文を書くわけにもいかず、なにを書けばよいのやらと思いを巡らせていると、前方の席に座していたマリンが肩越しに振り返った。

目が合ったのはほんの一瞬だったが、ロザンナの心に恐怖を植え付けるのに十分だった。

薄々、この人生の自分は彼女によく思われていないのではと感じていたけれど、突き刺さった鋭い眼差しでそれが確信に変わり、いったいどうしてと焦りが生じる。

九回目の最後こそあんな態度を取られてしまったが、基本、彼女はロザンナに優しかった。

十回目の今回はなにが違うのかと考え、すぐにアルベルトの顔が思い浮かぶ。

彼の様子もだいぶ違う。これまでは自分から働きかけないと彼と話せなかったというのに、今回はあちらから寄ってくる。

その様子をマリンが耳に、もしくはタイミング悪く目にしていたとしてもおかしくない。

彼女からライバル視されているのかもと考え、少しばかり虚しさを覚えた。

想像が当たっているとなると、今までは恐れるに足りない存在と見なされていたことになるからだ。

とにかく、彼女の嫉妬は危険だ。あの睨みようだと、一年も経たずに最期を迎えることになりかねない。

ロザンナはため息とともに、机に突っ伏した。平和に生き延びるためにも、アルベルトが一日でも早くマリンと恋に落ちるのを願ってやまない。

「ロザンナ・エストリーナ！」と再びメロディ女史から大声で名を呼ばれ、ロザンナは「はい！」と勢いよく身を起こした。

目を付けられないようしっかりしなくてはと気持ちを新たにしたのだが、……それから試験までの一週間、名前を呼ばれ注意を受ける日々が続く。

ゴルドンに借りていた聖魔法の本やら図書館の教本など、少しでも知識を増やすべく睡眠時間を削って奮闘していたためだ。

女史の目には態度の悪い花嫁候補として映っているだろうけれど、そんなことを気にする余裕もないほど、この壁を乗り越えなければとロザンナは必死だった。

そして試験日を迎え、ルイーズと共に試験会場として指定された大教室へ緊張の面持ちで向かう。

集まったのは、ロザンナとルイーズ、それからエレナ・サンハートの三人。エレナはマリンの取り巻きとしてロザンナの印象に残っている。

筆記試験を終えると持っている能力にわかれて実技試験が行われ、最後に面談となる。

ルイーズは水の魔力を有しているため実技試験から別行動だが、エレナとは同じ部屋でまた顔を合わせることとなる。

そこでロザンナは彼女が光の魔力を保有していたのを初めて知った。

筆記試験は自信がなくても、実技に関しては試験官を唸らせることができ手応えがあった。ゴルドンの元で腕を磨いてきた成果をしっかり発揮できたのだ。

それから一週間後。

メロディ先生を先頭に、ロザンナとルイーズは緊張で顔を強張らせながら長い廊下を進んでいく。

試験の結果を聞くために、筆記試験を受けた大教室に呼び出されたのだ。

不安でいっぱいのロザンナの手を、ルイーズがそっと握りしめた。

同じ心境だろうことは顔を見ればわかるが、それでも励ますように微笑みかけるルイーズの優しさをしっかりと受け止め、ロザンナも力強く頷き返した。

一週間ぶりに戻ってきた大教室に足を踏み入れると、そこにはすでに三人の男性がいた。

「来ましたね。ふたりとも」

最初に言葉を発したのは真ん中に立っていた学長。豊かな髭を蓄え、まるで魔法使いのような出で立ちだ。

学長の前で足を止めて優雅にお辞儀をしたメロディ先生の姿に、慌ててロザンナたちも膝を折る。

視線を戻しながら、ロザンナは小さく笑みを浮かべた。学長の右隣にいるのがゴルドンで、その姿を目にしてほんの少し緊張が解けたのだ。

もうひとりの男性は誰だろうと、ロザンナは記憶を辿る。

妃教育に関わる講師以外には詳しくないが、すらりと長い背丈に黒色短髪の姿は目にしている。

たしかルイーズが先生と呼んでいたのを思い出したところで、学長がロザンナたちに向かって一歩前に出た。

「おめでとう。君たちふたりとも合格だ」

朗らかに告げられた結果に、ロザンナとルイーズは嬉しさいっぱいに再び手を握り合う。

「彼らは、これから君たちの補佐をする講師だ。妃教育を優先するため、どうしてもほかの学生に遅れを取ってしまうだろう。その分を彼らと補習で補ってほしい」

学長は横目でメロディを見つつ、ここぞとルイーズに話しかけた。

「薬学を学びたいそうだな。ここで大いに学んで、王立の魔法薬研究所の研究員を目指してほしい」

すかさず「学長！」とメロディから非難の声があがるも、しれっとそれを無視して今度はロザンナへと顔を向けた。

「聖魔法を使える者は貴重だ。しかも君の才能に皆が注目している。ぜひ卒業後は王立の……」

「学長、そこまでにしてください。ふたりとも優秀な人材である以前に、アルベルト様の花嫁候補です。なによりも卒業後は王太子妃としての道を進めるようにこの一年精進すべきです」

鋭い指摘に、「それはわかっているが」と学長がもごもごと呟く。

「大丈夫です。私共はアルベルト様の大切な花嫁候補をお預かりする気持ちでいます。決して無理はさせません」

ゴルドンの言葉に、メロディは気をよくしたように微笑む。

「その言葉信じます。それでは私はこれで。ふたりとも明日の講義で会いましょう」

優雅にお辞儀をして、メロディは大教室を出ていく。

一方学長は、「期待しているからね」と女史の言葉など忘れてしまったかのようにふたりに熱く喋りかける。

苦笑いの四人に見送られながら、のんびりとした足取りで立ち去った。

「あの……合格者は私たちだけですか？」

おどおどとルイーズに話しかけられ、ゴルドンは苦い顔をする。

「はいそうです。エレナさんも貴重な光の魔力を持っているため話し合いは白熱しましたが、あの程度では両立は難しいだろうと判断が下りました」

エレナのことを思ってしんみりとしたロザンナとルイーズへ、もうひとりの男性教師が笑いかける。

「あなたたちは選ばれのだから、彼女の分までしっかり学べばいいのです。さぁ、明日から頑張りましょう」

男性教師はルイーズを手招きして、用意してあった教本の説明をし始めた。ロザンナはゴルドンと向き合い、茶目っ気たっぷりに笑いかける。

「ゴルドンさん、私、やりました！」

「えぇ、本当に自慢の愛弟子です」

やっと緊張から解き放たれたロザンナは、新しい環境への期待で胸を震わせた。

試験に合格したその翌日、早速、ロザンナにとって最初の聖魔法の授業が始まる。

指示された教室の前で、テキストを抱え持ったまま足を止める。緊張で強張った口元に無理やり笑みを浮かべて、勇気と共に扉を開けた。

室内に一歩足を踏み入れると同時に、生徒たちの視線がロザンナに突き刺さる。

騒々しかったのに一気に静まり返り、ロザンナはうろたえた。

教室の真ん中辺りで、ガタリと派手な音を立てて椅子から立ち上がる姿があった。

「ロザンナさん！」

顔を輝かせて大きく手を振るのはリオネル。隣に座っていた男子生徒を押しやり、

「こっち、席空いてますよ！」と呼びかける。

隅っこやうしろの席も空いているためできたらそちらに座りたかったけれど、名を呼ばれ続けるのに耐えられなくなり、ロザンナはリオネルに向かってのろのろ進む。

まとわり付く視線を不快に思いながらもなんとか席までやってきて、ロザンナはリオネルと向き合った。

「私はうしろの席に座ります。……なので、どうぞ戻ってください」

まずはリオネルにきっぱり言ってから、続けて席を追いやられ荷物を持って立ち上がった男子へとロザンナは微笑みかけた。

途端、男子の手から教本や鞄が落下する。赤らんだ顔で見つめ返され、ロザンナはあとずさる。

「女神だって聞いていたけど、これほどまでに美しいとは。未来の国王夫妻が美男美女すぎて、他国から嫉妬されそうだ」

「国王夫妻って……アルベルト様にはほかにお気に入りのご令嬢がいるみたいだから、ロザンナさんが花嫁に選ばれると決まったわけじゃ」

「リオネル、諦めたほうがいい。ロザンナさんは俺たちには高嶺の花すぎる」

ムキになって口を挟んできたリオネルに男子生徒は哀れんだ顔をし、落とした教科書類を拾い集めた。

黙ったリオネルに代わって、集まってきた男子たちがロザンナへといっせいに話しかけ始める。

「才色兼備」や「女神様」などと、時々聞き取れる言葉から褒められているのはわかるが、彼らの圧の強さにロザンナは固まる。

そこへゴルドンがやってきて、手を叩く。

「席についてください。授業を始めますよ」

ざわめきを残しながらも生徒たちは素直に席に戻り、ロザンナも少し不機嫌なリオネルに腕を引かれ、譲ってもらった席に腰を下ろした。

ふっと窓際に目を向けて、ロザンナは息を詰める。

前方に陣取っていた女子生徒の三人が、自分を見つめてひそひそと話しているのに気づいてしまったからだ。

彼女たちの表情はリオネルのように陰気で、好意的な会話がされているとはとても思えない。死亡フラグが立ったときと同じような嫌な感覚に、ぞくりと背筋が震えた。

ざっと室内を見回し、ロザンナは小さくため息をつく。

聖属性クラスは二十名ほど。そのほとんどが男子で、女子は窓際の三人しか見当たらない。

ルイーズまでとはいかなくても、このクラスでも友人が欲しいと思っていたが難しそうだ。

「今日から学友がひとり増えます。ロザンナさん、自己紹介をしてください」

ゴルドンに話しかけられ、ロザンナは「はい」と返事をし、立ち上がる。

しかし、ここに友人を作りに来たわけではない。気持ちを入れ替え、ロザンナは丁寧にお辞儀をする。

「ロザンナ・エストリーナと申します。皆さんと一緒に学べることを光栄に思います。どうぞよろしく」

試験で勝ち上がってきた優秀な人たちに必死についていかなくてはと、思いを新たにした。


忙しさに流されるように一ヶ月が経った。

マナーの授業を終えてすぐに、ロザンナは急ぎ足でアカデミーの玄関口へ向かう。

授業がほんの少し長引いてしまったためひやひやしていたが、門の近くで待っている馬車を見つけてホッと息をつく。

これから聖魔法の授業の一環として、バロウズ城の目と鼻の先にある魔法院へ行かなくてはならないのだ。

ほかの学生たちはすでに出発し、今頃、魔法院と並列して建っている騎士団宿舎の食堂で昼食をとっているはずだ。

ロザンナは彼らと魔法院で合流することになっている。

ひとりの移動は心細くもあるが、現役の聖魔法師たちを見れる機会を逃すわけにはいかないため、弱気になってもいられない。

馬車へ向かう途中で、御者が台から降りて馬車の戸口のそばへ移動する。

「ロザンナさんですね」との確認に「はい」と返事をすると、御者は慣れた手つきで戸を開けた。

黒に金色の縁取りがされた馬車はとても優雅でいて、御者も紳士的。

さすがカークランドの誇るマリノヴィエアカデミーだと感心しながら馬車の内部へ足を踏み入れ、中にいた人物にロザンナは目を大きくする。

そっと身を引いて静かに戸を閉めたが、すぐさま内側から勢いよく開けられた。

姿を現したアルベルト同様、ロザンナも口元を引きつらせる。

「どうしてアルベルト様がここに？」

「俺も城に帰るところだから相乗りだ。早く乗れよ。遅刻するぞ」

ロザンナは馬車をあらためて見上げてから、差し出されたアルベルトの手を取り、「失礼します」と乗り込んだ。

向かい合わせに座ると、程なくして馬車が動きだす。

「学園が用意してくださったのかと思いましたが、どうやら違ったみたい。これはお城の馬車ですよね？」

アルベルトが首肯《しゅこう》した。

ロザンナは座り心地のいい座席を撫でたり、窓や戸枠の凝った装飾を眺めたりしながら、「だからこんなにも立派なのですね」とひとり納得する。

窓の向こうには、並んで馬を走らせる護衛の騎士団員がいる。その姿に騎士団に入った兄は元気でやっているだろうかと思いを馳せる。

第二騎士団に所属しているため、アルベルトならきっとわかるだろう。

ちらりと彼を見た途端、すぐに目が合い微笑みかけられる。おまけに紙袋を差し出してきた。

「昼食をとっていないだろう？　診療所近くのパン屋で買ったものだ」

ロザンナはじっと紙袋を見つめていたが、購入先を聞いて「まぁ！」と表情を輝かせる。

目でうかがいつつ紙袋を受け取り、中に入っていた卵とハムをふんだんに使ったサンドイッチに満面の笑みを浮かべる。

「私が好きなのを知っていましたの？」

「あぁ、前にゴルドンから聞いた。今のうちに食べておけ」

「ありがとうございます。昼食は無理かと諦めていましたけど、本当はすごくお腹が空いていましたの」

早速ひと口頬張り、久しぶりの好物の味にロザンナは目を細めた。

サンドイッチを食べ進めながら、ゴルドンの授業はわかりやすいと夢中になって話をしているうちに、魔法院の前で馬車が止まった。

「送っていただき、それにサンドイッチも、ありがとうございました。どうぞ素敵な午後をお過ごしください」

深くお礼をしてロザンナは馬車を降りたのだが、当然のような顔でなぜかアルベルトもついてくる。

「お城に帰られるのでは？」

「あぁ帰るよ。ロザンナを無事ゴルドンの元に送り届けてからね」

「その必要は……」

「ありません」と続ける前に、アルベルトはロザンナの手をとって歩きだす。

引っ張られる形のまま魔法院の中へ入ると、階段下に集まっている聖属性クラスの生徒たちをすぐに見つける。

集団のそばに立っていたゴルドンもこちらに気づき、「アルベルト様」と苦笑いを浮かべた。

突然の王子の登場に女子から嬉しそうな声があがったのを耳が拾う。

しかしその姿はどこにあるのかロザンナには見つけられず、代わりに興味津々でこちらを見つめる男子生徒たちと、わずかに顔を強張らせているリオネルが視界に映り込む。

アルベルトは集団の手前で足を止め、「ロザンナ」と呼び止める。

「それじゃあ頑張って」

振り返ったロザンナの頬に優しく触れてから、彼は踵を返して引き返していった。

隣に並んだゴルドンへ、ロザンナは頬を摩《さす》りながら怪訝な顔を向ける。

「今のはいったい」

「自分の花嫁候補だと主張したかったのでは？」

「そんなの皆わかってますよ」

ロザンナのぼやきにゴルドンは笑いを堪えるように小さく肩を揺らしていたが、「そろそろ時間です」と別の引率の講師から声をかけられ、すぐさま「はい」と返事をする。

ポンとロザンナの肩を叩いてから、小走りで列の先頭へと向かっていった。

ロザンナは集団の最後尾を進みながら、斜め前を行く女子生徒三人の姿に目を止める。

彼女たちの表情には初日と同じように不満が滲んでいた。

「花嫁候補なんだから、妃教育だけ受けていればいいのに」

ぼそぼそと交わされる中で、ハッキリと聞き取れた言葉にロザンナが目を見張る。

すると三人はすっと顔を逸らし、前をゆく男子生徒たちに紛れ込んだ。

彼女たちの目に、ロザンナは異質に映っているのだろう。

そしてこの聖属性クラスに入る試験に合格した頃から花嫁候補たちにも「花嫁候補を辞退すればいいのに」と陰口を叩かれるようになっていた。

そんな反応にも仕方ないわよねと肩を竦めながら、ロザンナは生徒たちに続いてとある部屋へと入っていく。

大きな部屋の中にいくつかの仕切りが施され、その一つひとつが診察室となっている。そこでは聖職服に身を包んだ聖魔法師たちが患者と向き合っていた。

規模や、対する相手が貴族や騎士という違いはあるが、診療所でゴルドンがお年寄りへ親身に寄り添う光景と重なり、ほんの少し懐かしさを覚える。

たくさんの回復薬を積んだカートがカラカラと音を立てて、ロザンナのうしろを通り過ぎていく。

このあと、回復薬の研究室も見られることになっていたのを思い出し楽しみだなと胸を高鳴らせたとき、聖魔法師が慌ただしく室内に入ってきた。

「手が空いている人は、至急第二受付前まで来てください！」

叫ばれたそのひとことで場に緊張が走り、ロザンナもただならぬ気配に何事かと様子を伺う。

しかし、すぐに動きだせる聖魔法師はいないようで、呼びにきた男性は焦りで表情を歪めた。

「どうしましたか？」

ゴルドンに話しかけられた男は顔を向け、驚きで目を大きく見開いた。

「ゴルドン元師団長！　あぁこれぞ天の助け！　西の森へ遠征に行っていた第二騎士

団が集団でいたノームを刺激してしまったらしく、負傷者が多数います。お願いです、どうか力を貸してください！」

ゴルドンはもうひとりの講師へ視線を送ってから「わかりました」と力強く頷き、男性と共に部屋を出ていった。

リオネルが後を追って部屋を飛び出したのを切っかけに、男子生徒たちが次々に続く。

「こら待ちなさい！　私たちは待機です！」という教師の声だけが虚しく響いた。

ロザンナも、第二騎士団と聞いて兄のダンの顔が浮かび、その場に留まってなどいられない。

パタパタと足音を響かせながら非常時のみに使われる第二受付に近づくにつれ、呻き声もハッキリ聞こえてきた。

ノームは地の精霊。普段はおとなしいが、怒らせると地中に引きずり込まれたり、鋭い石の礫《つぶて》や棍棒で攻撃してきたりと凶暴な面も持っている。

遭遇したら刺激せずに立ち去るのが常識なのだが、なにかしでかしてしまったようだ。

先に辿り着いた男子生徒たちの間をすり抜けて、ロザンナは息をのむ。

受付前の長椅子や床に、二十名近い負傷者が横たわっている。騎士団員たちは呻き、血を流し、ひどい打撲の跡も目につく。

男子生徒たちは顔を青ざめさせてその光景を見つめている。皆、聖魔法師を目指していても、凄惨な場に対して免疫があるわけではない。

しかし両親の事件現場を経験しているロザンナは違った。動けない彼らの間から飛び出し兄の姿を探すも、人数が多く見つけられず焦りが募る。

放置されている騎士団員のほうが圧倒的に多いことにいても立ってもいられなくなり、ロザンナは治療にあたっているゴルドンへ小走りで近づく。

「ゴルドンさん！」

「君は学生だろ！　邪魔だ。下がっていなさい」

呼びかけると同時に、ゴルドンのそばにいた若い聖魔法師がロザンナを注意する。

しかし、すぐさまゴルドンが彼を睨みつけた。

「黙ってくれ。彼女は私の弟子だ。君よりはあてになる」

言葉を失った若い聖魔法師にため息を投げつけたあと、ゴルドンは肩越しにロザンナを振り返る。

「ロザンナさん、お願いします」

なにひとつ躊躇うことなく虫の息になっている重傷者のそばにロザンナは膝をつき、頭部の裂傷へと手をかざす。

「ゴルドン元師団長、なにを勝手なことを！　おいお前！　弟子だかなんだか知らないが、そこを退け！　学生の分際で出しゃばるな。足手まといになる……」

ゴルドンの態度への不満をロザンナにぶつけようと若い聖魔法師は背後に立つも、目にした変化に言葉を失う。

手元が輝くのはほかの聖魔法師と同じだが、ロザンナの場合はそこだけに留まらない。ロザンナの身体全部が輝きを放ちだす。

瀕死の騎士団員はロザンナの光に包み込まれ、徐々に表情を和らげていく。ロザンナのありえない力の使い方に若い聖魔法師だけでなくほかの人々にも驚きが広がる。

誰もが固唾を飲んで見つめる中で、ロザンナはそっと手を引き、小さく息をついた。

両親の事故から必死に経験を積み、聖魔法への体力もつけてきた。

ロザンナはふらつくことなく立ち上がり、裏口にあたる出入り口から負傷者を運び込む騎士団員の姿に目を止めた。

文句を言ってきた若い聖魔法師へと、光り輝くままに身体を向ける。

「はい！」

「ご覧の通り私はまだ学生です。あなたは立派な聖職服を着ているのに、そこでいったいなにをしていらっしゃるの？　ここには一刻を争う患者がたくさんいるというのに」

怒りの滲んだロザンナの言葉を聞いて、リオネルが負傷者へと歩みより治療を開始する。

その姿に感化され、治療の経験のある者はもちろん、経験がなくても補佐に入ろうと、学生たちも自ら動きだす。

学生たちがそうなのに、若い聖魔法師の震えている足は動かない。ロザンナはそんな彼から視線を外し、重傷者だと思われる人の元へと歩きだす。

たしかに勝手な行動かもしれない。けれど、苦しんでいる人を前にしてじっとしていられないのだから仕方がない。

お叱りなら、すべてが終わったあとにいくらでも受ける。しかし、今はできるだけのことをしたい。

ロザンナは覚悟と共に、ふたり目の治療へと気持ちを集中させた。

重傷者の治療が終わり軽傷者へと移行すると、ロザンナ自身から発せられていた輝きも弱くなっていく。

そして最後にロザンナが向き合ったのは兄のダンだった。やっと見つけた兄が、頬にかすり傷を負った程度で済んでいたことにホッとする。

傷を癒しながら話を聞けば、兄の同期である新米騎士団員が軽い気持ちでノームを挑発したのが発端となったようだった。

「ノームを甘く見すぎですわ。小人でかわいらしい見た目でも四大精霊に名を連ねているのですから、怒らせてはいけません」

「あいつ、騎士団員になれて気が大きくなっていたのかもしれないな。……しかし、激怒したアルベルト様を初めて見たよ。あんな感じできつく絞られたら、再起不能かもな」

ダンはそのときの光景を思い出したのか、大きく身震いした。一方、ロザンナは口元に冷ややかな笑みを浮かべる。

これまでの人生でアルベルトに怒られたことはないが、あまりにもしつこく食い下がったがために、冷酷な言葉でばっさり切り捨てられたことはある。

彼が自分に向けた切れ味抜群の眼差しを思い出し、ロザンナも身震いした。

そこに引率の教師がやってきてアカデミーに戻る馬車が次の出発で最後だとロザンナに伝えた。

兄と会ったのは本当に久しぶりだった。

治療もまだ済んでいないし、もう少し話もしたいしと困り顔になったロザンナを見て、ダンが「俺が妹を送っていきます」と申し出た。

再び話に花を咲かせながら治療を続け、完全に頬の傷を治し終えると、近くに残っていた聖魔法師の元へ。まだ魔法院のどこかにいるゴルドンへと「先に帰ります」と伝言を頼み、ロザンナは兄と共に裏口から外へ出た。

兄の剣の鞘に付いているクリスタルチャームを目にし、いつかの怪我を負った騎士団員を思い出す。

ふとした瞬間、彼は元気でやっているだろうかと気にはなるものの、ゴルドンに忘れるよう言われたため思いを言葉にするのは憚《はばか》られる。

馬で送っていくと兄に言われ、魔法院から騎士団の厩舎へ続く薄暗くなった道を進もうとしたとき、「おや？」と声がかけられた。

兄妹揃って振り返り、顔を強張らせる。そこにいたのはマリンの父、アーヴィング伯爵。

歩み寄ってくる伯爵に対し、ダンは騎士団の礼に則って胸元に拳を当ててわずかに頭を下げ、ロザンナはスカートを軽く摘んで膝を折り、令嬢らしく挨拶する。

「これはこれは宰相自慢のご子息にご令嬢。先ほど小耳に挟みましたが、第二騎士団で問題が起きたらしいですね。……まったく、アルベルト様がなめられているとしか思えませんな」

最後はぼそぼそと呟かれたが、兄妹の耳にはしっかりと届いていた。俯き加減で納得のいかない顔をしたダンを横目で見て、ロザンナも表情を暗くする。

「しかし、ロザンナ嬢は大活躍だったらしいじゃないか。女神と言われるだけあると、魔法院のお偉いさん方が騒いでいましたよ」

わざとらしさを感じる口調で褒められたのに引っかかりを覚え、ロザンナは苦笑いを浮かべた。瞬間、伯爵の眼差しがすっと鋭くなった。

「才女としての活躍は目覚ましくても、肝心の妃教育のほうはあまり身が入っていらっしゃらないようですね。ほかの候補生に失礼だとは思いませんか？　辞退すべきでは」

辞退は申し入れたが、すでに断られている。

咄嗟に反論の言葉は思いつくも、それを言ったらアルベルトに迷惑をかけてしまうような気がして、ロザンナは口を閉じた。

なにも言い返してこないロザンナを鼻で笑ってから、伯爵は踵を返す。後方で控えていた侍従と共に、動けない兄妹の前から姿を消す。

やや間を置いてから、ダンがぽつりと呟いた。

「事故に遭った両親を助けたと聞いたときは正直信じられなかったが、今日のロザンナはたしかに女神だった」

そこでダンは微笑みを浮かべ、のんびりとした足取りで歩きだす。もちろんロザンナもその隣に並ぶ。

「アルベルト様とはどうなんだ？　もし可能性がないと感じているなら、俺は伯爵の言うように辞退してもいいんじゃないかなと思う。……ただ、父さんからはしばらく口をきいてもらえないかもしれないけど」

「やっぱりそうなるわよね。お父様は私がアルベルト様の花嫁になることを切望しているし」

「この前父さんと会ったんだ。ロザンナが一般の授業まで取ったことを気にしていたよ。その時間でアルベルト様と仲を深めてほしかったと」

アルベルトに自分は選ばれない。そのとき、父はどれほど気落ちするだろうか。

スコットの沈んだ姿を想像しただけで心が締め付けられ、思わずロザンナは胸元を手で押さえた。

どちらにしても父を傷つけることになるが、行動を起こすなら早いほうがいいかも知れない。

今のうちにもう一度、アルベルトへ辞退を申し出るべきかもしれないとロザンナはぼんやり考えた。

兄とアカデミーの門の前で別れ、気怠さを感じながら自室に戻る。

帰ってきたロザンナが部屋着に着替えるのを手伝ったあと、トゥーリは「夕食の準備をしますね」と急ぎ足で部屋を出ていった。

ロザンナは夜風に当たりたくてガラスの扉を開け、小さなバルコニーへと出た。

手すりに腕を置いて庭園へと視線を落とすが、すっかり暗くなっているためなにも見えない。

「お疲れ様」

隣の部屋のバルコニーから声をかけられ、ロザンナは顔を向ける。ルイーズが自分と同じような恰好でバルコニーに立っていた。

「ルイーズも、お疲れ様」

微笑み合いながら、どちらからともなく手すり越しに向かい合う。

「魔法院でいろいろあったみたいね。授業が終わって寮に戻ろうとしたとき、聖属性クラスの女子が話をしているのを聞いたわ」

もう知っているのかと驚いたが、話を広めたのがあの三人だというなら納得だ。遠巻きに見て治療に奮闘している間、ロザンナは彼女たちの姿を目にしていない。

いただけなら、早めの馬車で学園に戻ってきていてもおかしくない。

ルイーズの顔がどことなくムッとしているのに気づいて、ロザンナは苦笑いする。

「彼女たち私のことなにか言っていたでしょう。妃教育だけしていたらいいのに出しゃばって、とか？」

ルイーズは表情を強張らせた。気まずそうに瞳を揺らしてから、こくりと小さく頷く。

「それだけじゃないわ。父親が宰相だから勝手なことをしても咎《とが》められないと思っているとか、女神なんて言われて思い上がってるとか。ほかにもいろいろ言っていたから、ロザンナのことなにも知らないくせにって悔しくなっちゃって、思わず……」

そこでルイーズが平手打ちの仕草を挟み、ロザンナは「まあ」と自分の頬に手を当てる。

「それで、たった今反省文を適当に書き終えたところよ。あのふたりがロザンナを侮辱したのを謝罪しない限り、絶対に私も叩いたことを反省しないわ」

三人ではなくふたり？と疑問を覚えたが、それよりもルイーズの気持ちが嬉しくて、自然と笑みが零れ落ちた。

「ルイーズ、ありがとう。私の味方になってくれて」

「当たり前でしょ？　ロザンナは大切な友達だもの。……それに、私も水属性クラスの女子から同じようなことを言われたばかりだったから、ついカッとなっちゃって」

気持ちを共有できる相手がいることを心強く感じ、自分にとっても彼女は大切な友達だと心の底から思う。

その一方で、きっと前回の人生でも彼女は同じ目に遭っていたはずなのに、気づいて話を聞いてあげられなかったと申し訳なくなる。

ルイーズは両手を伸ばして身体をほぐしながら、ロザンナに屈託なく笑いかける。

「でもこんなことでイライラもクヨクヨもしていられないわ。テストが近いし、両立できていることを知らしめるために、しっかり頑張らなくちゃ……さてと、私はレポートに取りかかるわ」

「レポート。私もやらなくちゃ、終わらないわ」

「メロディ先生、ロザンナに対して容赦ないからね。花嫁の有力候補だから仕方ないだろうけど」

「また明日」と手を振って、ルイーズは自室に戻っていった。ロザンナは再び暗闇の庭園へと視線を落とす。

覚悟はしていたけれど、両立は思っていた以上に大変だ。

毎日のように出されるレポートをこなしていくだけでも大変なのだが、メロディ先生からなぜか毎回、ロザンナだけひとつ余計になにかしらのレポート提出が言い渡される。

睡眠不足でぼんやりしていたり、どうしてもやる気が起きないときなどは自分のせいだから仕方がないが、真面目に受けていてもそうなのだ。

昨日の提出物を出しにいくと次の課題を出されるという流れに、すっかりはまってしまっている。

アカデミーに来てもうすぐ半年。

本来ならアルベルトとマリンの仲が深まり、周りも彼女が花嫁に選ばれるだろうと予想し始める頃だというのに、どうなっているのだろうか。

辞退を勧めてきたアーヴィング伯爵の姿が頭に浮かび、わかっているが思うようにいかないことに心が重苦しくなる。

ロザンナは雑念を追い払うべく大きく首を横に振る。いろいろ不満はあるが、とにかく今はテスト勉強に集中するのが一番だ。

辞退に関してはそのあとだと、ロザンナは心の中で結論付けた。

慌ただしい日常に、テストに向けての緊張感が合わさる中で、ロザンナもいつも以上に必死だった。

食事もそこそこに勉強をしたり、聖魔法の実技対策をさらに完璧にしておきたくて必要以上に練習しすぎてふらふらになってしまったり。

アルベルトに食事に呼び出され、テスト前だとは思えないほどの彼の余裕ぶりに真顔になったりもした。

やっとの思いでテスト期間を乗り越え、テストの点数に一喜一憂する花嫁候補たちの中で、ロザンナはこっそり笑みを浮かべた。

聖属性クラスでは総合で上位に、妃教育クラスのほうでは……可もなく不可もないほぼ平均の成績を収めることができた。

そしてマリンの成績は最上位。妃としてはどちらが優秀か一目瞭然で、これでやっとアルベルトの気持ちも彼女に傾くことだろう。

花嫁候補の生徒に関しては、この前期の試験が終わると二週間ほどの休暇が与えられる。

ほとんどが実家に帰り羽を伸ばし、休暇最終日に催される学園全体でのパーティーに合わせて再び戻ってくるのだ。

だがしかし、例外はある。成績が悪かった生徒はその二週間補習に明け暮れることになるのだ。

もちろん、ロザンナはそこも計算済みだ。繰り返しテストを受けているため、ほぼ問題も答えもわかっている。

補習に引っかからず上位にも食い込まないように、平均を狙ったのである。

結果が出たその日から、花嫁候補の大移動が始まる。しかし、一般の授業をとっているロザンナたちには関係ない。

荷物を抱えた侍女をうしろに、笑顔で寮の廊下を歩いていく花嫁候補たちに逆行する形で、ロザンナがルイーズと共に自室に向かっていると、突然背後で「ロザンナ・エストリーナ！」と名を呼ばれた。

ぎくりとし振り返り、ずんずんと歩み寄ってくるメロディ先生の姿を視界に捉え、ロザンナは「うっ」と呻いた。嫌な予感しかない。

「……先生、どうかなさいましたか?」

「ええ。あなたには補習に出ていただこうと思いまして」

「ほっ、補習ですか。お言葉ですが、私、赤点はありません。平均点はちゃんと取っています」

補習だなんて冗談じゃない。自分に受ける理由はないとロザンナが抗議すると、メロディ先生の口がぴくりと引きつった。

「あの課題をすべて完璧にこなしてきたあなたが、ほぼ平均点。しかも答えられるはずの答えも間違っていたり。平均点はちゃんと取った、ですって? なんだか、わざとそうしたかのように聞こえたわ」

その鋭さに思わず息をのみ、焦りからロザンナの反論の声も小さくなる。

「そ、そんなことはありません。わからなかっただけです」

「そうですか。それなら私の教え方が悪かったのでしょう。二週間、責任を持っておさらいさせていただきます」

「おっ、お待ちください!」

ロザンナの声はもう届かない。メロディ先生は踵を返し、さっさと寮を出ていった。

「あぁ。どうしてこんなことに」

平均よりもう少し上を目指すべきだったかと頭を抱えたロザンナの肩にルイーズが手を乗せ、「頑張ってね」と苦笑いした。

少しはのんびりできると思っていたのに忙しさは変わりなく、あっという間に二週間が過ぎていった。

そして最終日。再びロザンナはどうしてこうなったと自室で頭を抱えていた。

身にまとっているのは、二日前に父から届いた水色のドレス。化粧もし、髪もきれいに結い上げた自分を鏡を通して見て、またうなだれる。

これからパーティーが行われるのだが、最初のダンスの相手としてアルベルトから指名されてしまったのだ。

本来なら、指名されるのは成績が一番よかったマリンのはずで、ロザンナはふたりの息の合ったダンスに惜しみない拍手を送るつもりでいた。

コンコンと戸が叩かれ、アルベルトが姿を現す。ゆらりと立ち上がったロザンナに目を輝かせた。

「あぁ。ロザンナ。本当に美しい」

「お褒めいただき感謝します」

気持ちのこもっていない声音にアルベルトは苦笑いし、ロザンナへと手を差し出す。

ロザンナはここまできたら逃げられないと、その手に自分の手を重ね置いた。

最初のダンスの相手は、同伴することになっている。手を引かれながら廊下を進みつつ、ロザンナはポツリと問いかけた。

「ダンスの最初の相手にどうして私が選ばれたのですか？　情けないですけれど、テストの結果は優秀と呼べるものではありませんでした」

「ロザンナかマリン・アーヴィングか、選考で揉めた。それで、……宰相が勝って、ロザンナが選ばれた」

ロザンナはこれまでの人生を振り返り、思い出した歯痒さに小さく息をつく。

「実力ならマリンさんでしたのに。悔しかったと思います」

こうしてアルベルトと会場入りするのは、実は二回目だった。一度目は最初の人生。大好きなアルベルトと踊れてとても幸せだった。

二回目は選ばれず、そのとき、直前の試験の成績で相手を決めるのだと選考理由を知った。

たしかに、一回目はマリンの成績を越えたが、二回目はあと一歩及ばずだったため納得した。

しかし、三回目はマリンよりも成績がよかったのになぜか選ばれず、そのあと、父に代わって宰相となった彼女の父親が「娘を」と推したからだと風の噂で聞き、悔しさに涙を流した。

マリンに同じ思いをさせたかもと心は痛んでいるのに、その一方で、胸は高鳴りだしていた。アルベルトに触れている手が熱い。

大広間の入り口まで来てすでに待機していた学長に、アルベルトと共にロザンナは挨拶する。

学長の少しうしろで並び立つと、今度はアルベルトがポツリと囁きかけてくる。

「まだ言っていなかった。この前はありがとう」

なんに対する感謝の言葉かわからず目を瞬かせたロザンナに、アルベルトは優しく微笑みかけた。

「魔法院で第二騎士団が世話になった。心より感謝する」

「いえ、お役に立てて光栄です」

「大切な人々をたくさん失うところだった。ありがとう。本当にロザンナには助けられてばかりだ」

頬の熱さが気まずくて視線を伏せると、アルベルトが軽く手を引っ張った。

「その才能を、少しは妃教育のほうでも発揮してくれないか？　魔法院の院長と、聖魔法の師団長から、半年後、ロザンナが聖属性クラスの二年生としてアカデミーで学び続けられるよう許らってほしいと、申し出があったそうだ」

「まぁ、望んでいただけているのですね。それなら私も期待に添えるようもっと頑張らなくては」

もしかしたら今が、これを機に聖魔法だけに専念したいと、再びの花嫁候補の辞退を切り出すチャンスかもしれない。

ロザンナがそわそわし始めたとき、アルベルトが真剣な面持ちで話し始める。

「……実は、さっきの嘘なんだ。選考の決定打は宰相じゃない。もちろん宰相はロザンナをと推したがロザンナの成績があまりにも平凡だから、マリン・アーヴィングで決まりかけていたんだ」

「それならどうして」

「俺が、最初のダンスの相手はロザンナじゃなきゃ嫌だと駄々をこねた」

そこで大広間の扉が開けられ、賑やかな演奏に導かれるように学長が中へと足を進める。

驚きで動きが鈍る中、アルベルトに手を引かれてロザンナも歩きだした。

人々の視線など気にする余裕はなかった。

どうしてという疑問が頭の中で膨らみすぎて冷静に物事が考えられないまま、ロザンナは大広間の中央でアルベルトと向かい合う。

滑らかな足の運びで踊りだしたふたりに、周りからうっとりとしたため息が発せられた。

そっと腰を引き寄せられ、ロザンナの耳をアルベルトの息が掠めた。

「ここにもロザンナを望んでいる人間がいることを忘れないでほしい」

演奏は終わっていないのに、そこで完全にふたりの足が止まる。アルベルトとロザンナは、目の前にいる相手だけを視界に宿す。

そっと掴み上げたロザンナの手の甲へと、アルベルトは口づけた。

懇願の声音、触れた唇の熱。向けられる真剣な眼差しに「俺を見ろ」と訴えかけられた気がして、ロザンナの顔が一気に赤らんでいく。

しっかりと手を掴み直し再び踊り始めても、ふたりの視線はつながったまま。

周囲のざわめきよりもうるさい自分の鼓動を感じながら、ロザンナは微笑むアルベルトから視線を逸らすことができなかった。

四章、思い出の場所での再会

大きなテストを隔てて、後期の授業が始まる。

ロザンナは妃教育から聖魔法の授業へと小走りで移動し、開始時間ギリギリで教室に飛び込んだ。

間に合ったと安堵しつつ空いている席を探す。見つけはしたが、その隣に座っていたのが女子生徒のうちのひとりだったため、躊躇いで足が止まった。

ほかに空いている席はあるだろうかと教室を見回す。しかしそれ以外に見つけられず、ロザンナは覚悟を決めて歩み寄った。

「お隣よろしいですか？」

話しかけた途端、肩につくほどの髪を揺らして驚きの顔が向けられ、「ほかに空いている席が見つけられなくて」とロザンナはたどたどしく続ける。

「えぇ。どうぞ」

彼女も戸惑いながらそう答え、最後にロザンナへぎこちなく笑いかけた。

「ありがとう」と声をかけ椅子へ腰を下ろし、抱え持っていた教科書類を机上に置く。

ちらりと横を見ると目と目が合い、彼女は広げた教科書へと慌てて視線を落とした。

驚きや戸惑いはあっても、刺々しさは感じない。

これまでのことがあったため不思議に思いながら、いつも彼女たちが座っていた窓際前方の席に視線を移動させて息をのむ。

あとの女子生徒ふたりはそこに座っていて、不満げな顔でロザンナたちを見ていた。

「喧嘩でもされましたの？」

思わず呟いてしまい、ロザンナはしまったと愛想笑いを浮かべる。

「余計なお世話ですわね。失礼いたしました」

「そんなことは全然」

とてもかわいらしい声音に、初めて聞く声だわとロザンナは瞬きを繰り返す。嫌味を言われたのは違う声だ。

今までは三人を一緒くたにしていたが、彼女は切り離して考えるべきかしらと頭を悩ませる。

少し間を置いてから、彼女の方から少し緊張した声音で話しかけてきた。

「この前の、魔法院での姿は本当に素敵でした。私も聖魔法師を目指すひとりとして、ロザンナさんの姿勢を見習おうと思いました」

そんなふうに思われていたなど考えたこともなく、大きく目を見開く。

彼女の声音がだんだんと柔らかくなっていくのを感じ、ロザンナの警戒も徐々に解けていった。

「最初は動けなかったんです。目の前の光景に怖気付いてしまって。でもロザンナさんやクラスメイトたちに背中を押されて、私も動くことができた。手伝いしかできなかったけれど。ロザンナさんはすごいわ」

「私は、ああいう光景を目にするのが初めてではなかったから動けただけかもしれません。アカデミーに入る前はゴルドン先生の診療所で手伝いをしていたし、血生臭いのにもけっこう慣れています」

両親が切りつけられたあの現場のほうが凄惨だったと考えてロザンナが肩を竦めてみせると、彼女はやっと自然な笑みを零した。

「花嫁候補のご令嬢様方は皆自分の身分を鼻にかけた様子なのに、ロザンナさんは違うのね。私、ピア・ワイアット。よかったら、診療所でのお話を聞かせてください」

「ええ、もちろんよ」

ピアとロザンナが打ち解けて話していると、ゴルドンが教室に入ってきた。

場所を吟味するかのようにうろうろ歩き回ったあと、通路側の壁に立派な額に入った賞状を飾る。そして満足げな顔で生徒たちへと振り返った。

「魔法院からの感謝状です。この前の見学時、皆が自ら手伝いを進み出たことへのものです。誇っていい。迅速に治療を進められて助かった命もありました」

いっせいに教室内が喜びの声であふれかえる中、ピアがぐすっと鼻を鳴らす。

「よかった。間違いではなかった」

涙を浮かべたその横顔へ「ピア？」と声をかけると、彼女はほんの一瞬、窓際に座る女子生徒ふたりへ切なげな眼差しを送る。

「手伝いがロザンナさんに賛同したととられて、それでふたりと喧嘩になってしまったの。……って、ごめんなさい。こんなふうに言われたら気を悪くしますよね」

そこでやっと、以前バルコニーでルイーズから聞いた「ふたり」という人数に納得がいく。ルイーズが喧嘩したのはあのふたりで、魔法院で手伝いに勤しんでいたピアは別行動だったのだろう。

「平気です。よく思われていないのはしっかり気づいていますから」

ロザンナは扇動したつもりなどさらさらないが、彼女ふたりの目にはそう映っているらしい。

最初に動いたのはロザンナでも、それは単なる切っかけに過ぎない。

後に続けたのは、その人の心に躊躇いや不安を乗り越えられるほど強い思いがあったからだ。

「授業についていくのがやっとのくせに、手伝おうなんておこがましいって。かえって邪魔になっただけよとも言われて、たしかに私はなにもできなかったから言い返せなかった。……でも、誰かの力になりたいと思って聖魔法師を目指しているんだもの。今動かなかったら後悔すると思ったの。私、間違ってなんてないわよね」

肯定するようにロザンナが頷くと、ピアはホッと息を吐く。

晴々としたピアから、飾られた感謝状へと目を向け、ロザンナは小さく微笑んだ。

学生同士あれこれ意見を交換しながら聖魔法の授業を受けるのは、その日が初めてだった。

満ち足りた気持ちでピアに別れを告げて教室を出たのだが、次のマナーの授業が行われる教室に近づくにつれ、徐々に気分が重くなっていく。

教室に入ると、すぐに数人の花嫁候補に取り囲まれた。

にこやかに「席を取っておきましたわ」と報告され、暖かな日差しが降り注ぐ窓際後方の席へと連れていかれる。

　そこにはすでにルイーズが座っていて、苦笑いで「お疲れ様」と軽く手を振ってきた。

　ルイーズの隣にロザンナが腰を下ろすと、その前後に先ほどの花嫁候補たちが当然の顔で座る。

　会話に参加しようと聞き耳を立てている彼女たちの気配に、これではルイーズと気軽に話ができないとロザンナは小さくため息をついた。

　休暇明けから付きまとい始めた彼女たちは、取り巻きのようなもの。

　パーティーでアルベルトと踊り、手の甲に熱い口づけを受けたロザンナが花嫁に選ばれると彼女たちは踏んだのだ。

　そして廊下側の席にも、同じような人の集まりができている。その中心にいるのはマリンだ。

　なにより前期の成績が秀でていて、休暇中にアルベルトがアーヴィング邸だけを訪ねたために、取り巻きたちは花嫁に選ばれるのはマリンだと考えている。

　対立すると彼女たちから敵視されるのはいつものことだが、今回はとくに当たりが強い。

　優秀な成績を収められなかったロザンナが、パーティーでアルベルトと踊れたのは、宰相である父親の力を使ったからだというデマが流れてしまったのだ。

休暇明け早々マリンに睨みつけられて身の潔白を訴えたいと思ったが、アルベルトが自分を指名したと言い出せば新たな火種になりそうで、結局ロザンナは我慢するしかなかった。

空腹感を覚え始めた頃、やっと授業が終わり、ロザンナはルイーズと共に教室を出た。

これまではルイーズとふたりでのんびり歩いていた道だったが、今は取り巻きの令嬢たちがすぐうしろにぴったりとついているため、心なしか足早になっていく。

ロザンナにそんな気はなくても、ぞろぞろと引き連れて歩いているようなこの状態は、どうしてもほかの学生の視線を集めてしまい居心地が悪い。

前方に同じような塊を見つけ、ロザンナはこのまま進むのを躊躇する。

ロザンナとマリンが直接的な言い争いをしなくても、取り巻き同士が火花を散らし合っていることがあるため、なるべくなら余計な刺激を与えたくない。

ルイーズもマリンたちに気づいたらしく、立ち止まりはしゃいでいる彼女たちの視線の先へと探るような目を向けた。

「なにを見ているのかしら。……あぁ、アルベルト様がいらっしゃるのね」

飛び出した名前にロザンナの鼓動が小さく跳ねた。

ほんのちょっと背伸びをして目線を伸ばすとたしかにアルベルトの姿があり、授業が長引いている様子だった。

その場にいる学生たちは皆木刀を手にしていた。アルベルトと男子学生が前に出て向き合い、それぞれに木刀を構える。

教師の「始め！」という声が大きく響いたが、彼らはなかなか動きださない。

しかし、ふたりの様子は対照的だった。

アルベルトは涼しげな顔で男子生徒を見つめているが、男子生徒はすっかり怖気付いてしまっていて木刀を持つ手も足もひどく震えている。

「アルベルト様はかなりの実力者だって聞いているけど、本当なの？」

ルイーズの疑問に、ロザンナはわずかに首を傾げて返答する。

「どこまでの実力をお持ちなのか、私にはよくわからないけれど、……騎士団に入った兄は自分では歯がたたないと言っていたわ。でもあの対決は、相手がすでに気持ちで負けているようですし、勝負にすらならないのでは？」

兄の言葉は先日ではなく、何回目かの人生で聞いたものだ。

これまでの人生でアルベルトが剣を振るって練習している姿を何度も見かけている

が、その程度なので彼の実力はわからない。

だからといって男子生徒に勝ち目があるとも思えず、ちょっとした拍子で木刀がアルベルトに当たらないのを祈るばかりだ。

相手は一国の王子。わずかなかすり傷だったとしても、王子を傷つけたことによって人生を棒に振ることになりかねない。

ロザンナがはらはらする中、男子生徒は教師に煽られ木刀を振り上げながらアルベルトに向かっていく。

不器用に振り下ろされる木刀を、アルベルトが難なく避け続けていると、痺れを切らした教師が「なにをやっている！」と男子生徒を怒鳴りつけた。

その瞬間、アルベルトが鋭く一歩踏み込み、男子生徒の手から木刀を弾き上げた。

それはくるくると回転しながら大きな弧を描いて、教師の元へと落ちていく。

アルベルトが教師に冷たく微笑みかけた。

「ご指導願います」

教師が木刀を掴み取ると同時に、アルベルトが素早く切り込んでいく。

力強い一打一打を受け止めるのが精一杯の教師に、反撃する余裕などないことは誰が見ても明らかだった。

「面白そうな展開になってきたわね。もっと近くまで行きましょうよ」

ルイーズに手を引かれ歩きながら、ロザンナはアルベルトに対して苦笑いする。どうやら彼は教師の態度が癪に触ったらしい。

そばまで来ると打ち合う木刀の音に圧倒され、アルベルトの俊敏な動きにすっかり目が離せなくなる。彼は間違いなく、強い。

アルベルトの木刀からゆらりと陽炎《かげろう》が立ち昇る。わずかながらもその眼差しに赤い輝きが宿ったのを見て取り、ロザンナは思わず息をのんだ。

「……まさか」

ふっと、アルベルトに違う人間の眼差しが重なった。

アカデミーに入る前、診療所の裏の林で助けたあの男性を思い浮かべながら、ロザンナは少しずつ前進する。

別人のはずだと考えるも、心がざわめいて落ち着かない。もっと近くでよく見たいと可能なだけ近づいていくと、「そこまでだ」と息も絶え絶えに教師から声があがった。

言葉だけ聞けば強気だが、教師は尻餅をつき、アルベルトに見下ろされる形で鼻先に木刀の先端を突きつけられていた。

一歩一歩足を進ませながら、ロザンナはアルベルトの横顔を、その目元をじっと見つめる。

他者を萎縮させる冷酷な眼差しは、あのときの彼と似ている。瞳の奥と髪にもちらちらと赤が混ざっていて余計にそう思わせる。

肩の力を抜き、木刀を横に振るいつつ後退すると、徐々にアルベルトから赤が消えていった。

「授業はここまでだ！」と教師が捨て台詞を吐き、足をもたつかせて校舎へ向かっていく。

わっと生徒たちに囲まれたアルベルトを見てロザンナも彼の元へ行こうとしたが、「アルベルト様！」と響いた声が邪魔をした。

アルベルトに駆け寄ったのはマリンだ。「とても素敵でした」と頬を赤く染める彼女へ、アルベルトが「ありがとう」と微笑みかける。

視線を通わせる様子にロザンナの胸がちくりと痛み、完全に足が止まる。

彼の気持ちはどうなっているのかという心配は杞憂に終わりそうだ。

アルベルトは休暇中にマリンに会いにいっていた。ほかの誰にも、同じ学内にいたロザンナの元にも彼は会いに来ていないのに、だ。

やっとマリンのよさに気づいて、彼女に気持ちが傾いたのかもしれない。いつも通りの流れを取り戻し、これでロザンナも聖魔法師への夢に向かってひたすら突き進んでいける。

……アルベルトへの気持ちは一ミリもないはずなのに、アルベルトがマリンを訪ねたと聞いたときも、そして仲のよいふたりを目の当たりにして、ロザンナの胸は苦しくなる。

悔しいけれど、やっぱりアルベルトは恰好いい。彼の態度に胸が高鳴り、気づけば期待してしまっていた。

アルベルトが選ぶのはマリン。誰かに言うだけでなく、自分に対しても何百回と繰り返してきた言葉を、再び心の中で唱えた。

不意にアルベルトの目がロザンナを捕らえた。途端にロザンナに気まずさが込み上げてきて、ぎこちなくうしろへ下がっていく。

アルベルトにマリン、そして優越感にまみれたマリンの取り巻きたちの視線から逃げるように寮に向かって急ぎ足になる。

寮の部屋の前までついてきた自分の取り巻きたちに「申し訳ないのだけれど、少し休みます」と告げ、そしてルイーズにも「またあとで」と言葉をかけ、ロザンナは部屋の中に逃げ込む。

すぐに「お帰りなさいませ」とトゥーリが鉢植えを手に姿を現した。

咲いているのは魔法薬用の真白きディックの花。なぜ今アルベルトを連想させるそれが出てくるのかと、ロザンナは小さくうなだれる。

「休暇がなかったお嬢様にと先ほどご実家から届いたものなのですが、……お気に召しませんか？」

「そんなことはないわ。庭師が大切にお世話し続けてくれているものですもの」

ロザンナは慌てて歩み寄り、真っ白な花弁を撫でるように手をかざした。

ぽうっと光を発したディックに目を輝かせたトゥーリにロザンナは微笑んでから、ひとりがけのソファーに深く腰かける。

アルベルトから贈られるも、引き取りに来なかったディックの花はすべて実家で育てている。

「最初に見たときは驚きましたけれど、本当にきれいですよね。この花々が一面に輝いていたら幻想的でしょうね。……あぁでも、言いづらいのですが、なかなかお世話が難しいらしく、いくつか枯らせてしまったようです。アルベルト様からの贈り物ですし、分球を試みたりと庭師も必死になったようですけど力及ばずで」

「そう。観賞用としての花ではないから、いつも通りにいかないこともあるかもしれないし、仕方ないわよ」

もしかしたら栽培に関する注意事項があったのかもしれない。

アルベルトに聞いておけばよかったとロザンナは考えを巡らし、幼いときに目にしたものを思い出す。

彼の誕生日パーティーが催されたあの日、花壇にはたくさんのディックの花が咲いていた。

今はどうなっているのだろうか。根拠はないが、あの日よりももっとたくさん咲いているのではという気持ちになっていく。

心の中にもう一度見てみたいという願いが生まれるけれど、先ほど目にしたふたりの姿が頭に浮かび、叶いそうにもないなと落胆する。

そして他にも気になっているのは、冷徹な顔をしたアルベルトとかつて治療した紫色のクリスタルチャームを所持していた騎士団員の眼差しが重なったこと。

あのときの彼はアルベルトだったのだろうか。しかし本当に彼なのならば、あれは自分だったとすでに打ち明けられていてもおかしくない。

隠す理由もないのだからとまで考え、ロザンナはハッとする。

『もう決して関わらないでください。知りすぎてしまったら、助けた相手にあなたが命を狙われます』

言われた瞬間は怖くて仕方なかったのに、すっかり忘れていたゴルドンからの言葉を思い出し、口元を手で覆う。

知られたくないから、あれは自分だったとあえてアルベルトが言わなかった可能性もある。

詮索してその事実に辿り着いたなら、十回目の人生はアルベルトの手によって終わりを迎えるかもしれない。

アルベルトがそんなことをするはずがないと笑い飛ばしたいのに、冷酷な彼の表情を目にしているため冗談で片付けられない。

実はもうとっくにアルベルトの心はマリンのもので、彼が自分にかまうのは勘づかれたときに迅速に対処できるようにと考えてのことではとまで、ロザンナは想像を膨らませる。

木刀を突き付けられていた教師の姿が半年後の自分の姿かもしれないと背筋を震わせた瞬間、コンコンと戸が叩かれた。

テーブルの上に置いたディックを嬉しそうに眺めていたトゥーリがすかさずそれに

反応し、扉へと向かっていく。

戸口でなにかボソボソとやり取りをしたあと、彼女はロザンナの元に舞い戻り、さきほどよりも何倍も顔を輝かせた。

「アルベルト様から昼食のお誘いです」

「ひっ！」

嬉々とした報告に、ロザンナは小さく悲鳴をあげ身体を強張らせる。そしてゴホゴホと突然咳をし始めた。

「私、少し体調が悪いの。風邪気味かも。アルベルト様に移すわけにいかないので今日は、……いえ、しばらく遠慮させていただきたいわ」

「ロ、ロザンナ様？」

トゥーリから怪訝な顔をされ、ロザンナは慌ててベッドへ潜り込む。

もう一度だけ「ロザンナ様」と呼びかけてから、トゥーリは使いが待っている戸口へと戻っていった。

「申し訳ありませんが」と事情を説明するトゥーリの声を聞きながら、ロザンナはわざとらしく咳を連発する。

アルベルトとあの男性が同一人物かどうかはわからない。確認するのも怖い。正解だったら殺されるかもしれないからだ。

しかし、気になってしまった以上、今までのように警戒心なく接することも難しい。顔を合わせたら態度で不審に思われる。しばらく会わないようにしよう、それが身のためだとロザンナは決意した。

それからロザンナはのらりくらりとアルベルトの誘いを断り続け、学園内で鉢合わせしたときも次の授業に遅れてしまうのでと、彼からそそくさ離れていく。

そんな状態が一週間続いた。

「さすがアルベルト様！　マリンさんに似合うものをよくわかっていらっしゃる」

教室の真ん中で、取り巻きたちがマリンを褒め称えている様子を見つめながら、ルイーズが「あれは誰が付けても大体似合うわよ」とぼそり呟く。

ロザンナはただ曖昧に笑うだけにとどめた。

耳に入る会話から、マリンが昨日アルベルトから贈られた髪飾りをつけてきたらしい。

ダイヤモンドが一直線に並んだもので、高価ではあるけれど凝ってはいないため、たしかにつける人を選ばないだろう。

しかし、無難に見える贈り物も、ひとつ目に過ぎないのをロザンナは知っている。アルベルトはマリンに好意を抱いてから、次から次へと高価な贈り物をするのだ。これから毎週のように、贈り物自慢をする彼女を見ることになるだろう。

アルベルトとは必要がない限り会わないと決めて誘いを断り続けていたためか、ここ二、三日、ロザンナの元に彼の使いは姿を見せていない。

警戒までしている相手だというのに、こうしてマリンとの仲のよさを見せつけられるとなんだか切なくて胸が苦しくなる。

これでよかったんだと自分に言い聞かせたとき、メロディ先生が教室に入ってきた。課題を出された者は授業の初めに提出しなくてはならず、ロザンナは筒状にした用紙を持って立ち上がる。

そっと教卓に用紙を置いて、声をかけられる前に机に戻ろうとしたが、身を翻した途端「ロザンナ・エストリーナ」と呼ばれ、ロザンナはあぁと天を仰ぐ。

「はい、先生。次の課題はなんでしょう」

やはり今日も見逃してもらえなかったと落胆しつつ、ロザンナはあらためてメロディへ身体を向ける。

「課題。ええ、そうですね。毎日出されるのも大変でしょうから……今日からは補習にします」

課題がなしになる流れかと喜んだのも束の間、それもそれで大変だとロザンナは肩を落とす。

席に戻る途中で、マリンやその取り巻きたちと目が合った。

マリンはあからさまではないものの、取り巻きたちからはハッキリと小馬鹿にしたように笑われ、ロザンナは悔しさを覚える。

椅子に座ると「元気出して」とルイーズから声をかけられ、ロザンナは力なく微笑み返した。

放課後、ロザンナはとぼとぼと指定された教室へ向かう。

妃教育は主にアカデミーの東館の教室を使っているのだが、メロディから指定されたのは西館で、最上階にあたる四階の角部屋だった。

東館でも空いている教室はあるのになぜこの部屋なのだろうかと疑問を抱きつつ、ロザンナは扉をノックした。

返事はなかったが鍵は開いていたため、「失礼します」と声をかけながら室内を覗き見る。

目に飛び込んできた壁一面の本棚に「わぁ」と感嘆の声を漏らし、ロザンナは中に足を踏み入れた。

部屋はこぢんまりとしているが置かれているソファーや机は上等、窓際の観葉植物の葉も大きく青々として立派。明らかに普通の教室ではない。

「ここはなんの部屋なのかしら」

書棚の前に立って思ったことを呟いた瞬間、背後から答えが返された。

「俺が個人的に使わせてもらっている部屋だ」

驚き振り返るも室内にその声の主の姿は見当たらず、ロザンナは身構える。

「アルベルト様、どこにいらっしゃるのですか？」

「ここだよ」

声を頼りにソファーの前面へと回り込むと、そこにアルベルトが寝転んでいた。なぜ彼がここにいるのか。

「ええと、……メロディ先生はどこに？」

「来ないよ。俺が君をここに来させるように仕向けたんだ」

少しも悪びれることなくさらりと言ってのけたアルベルトへ、ロザンナはわずかに目を細めた。

「体調が芳しくないので帰らせていただきます」

補習でないならここにいる理由はない。

即座に扉に向かうも、辿り着く前にアルベルトがロザンナの行手を塞いだ。右へ左へと動いても同じように移動され、その先へ進めない。

「退いてくださいませ！」

「嫌だね」

「どうして。……ひゃっ」

アルベルトの手がロザンナの肩を掴んで器用に身体を回転させる。そのままうしろから押す形で、ロザンナをソファーまで連れ戻した。

フカフカのソファーに座らされてロザンナが眼差しで抗議すると、アルベルトもその隣に腰を下ろしムッと顔をしかめた。

「最近、なにかと下手な理由をつけて俺の呼び出しを断っているが、忘れたのか？試験を受けられるよう計らう代わりとして、俺とした約束を」

そのひとことで、ロザンナは動きを止める。すっかり忘れていたがたしかに約束をしている。

彼が問題視している約束事は『妃教育を優先すること』か、それとも『俺と一ヶ月に一回は必ずお茶を飲むこと』のほうか。

テストの点数からして妃教育に比重を置いていないのを気づかれていてもおかしくないし、最近ずっと誘いを断っているしでどちらもという可能性も捨てきれず、ロザンナは頭を抱える。

「前回、ゴルドンの研究室で菓子を食べてから、一ヶ月過ぎてしまった。約束を破ったのだから、聖属性クラスを辞めさせられても文句はないよな？」

ロザンナは心の中で絶叫する。アルベルトの目は据わっている。どうやら本気のようだ。

「どっ、どうかそれだけは！」

「だったら少し世間話でもしようか……別に嫌ならいいんだぞ。体調がすぐれないと今すぐこの部屋を出ていっても」

ロザンナはソファーの肘掛けを両手で掴み、一転して絶対にここから離れないと主張する。

アルベルトは立ち上がり、ワゴンを引き寄せてティーポットやティーカップをテーブルの上に移動した。

「私がやります」と声をあげたロザンナへ優しい微笑みと共に軽く首を振って、カップに紅茶を注ぐ。

「召し上がれ」

「あ、ありがとうございます」

ロザンナは差し出されたカップを手に取って、あらためて室内を見回した。書棚に並ぶのは専門書ばかりで、魔法薬の本もいくつか見つけられ、ロザンナは数冊借りられないだろうかとぼんやり考える。

「いろいろ考えたのだが、……お前、やっぱり俺のことが嫌いなのか？」

ちょうどカップに口をつけた瞬間、アルベルトにそう切り出され、ロザンナは噴き出しそうになる。

慌ててカップをテーブルのソーサーに戻して、涙目でアルベルトを見た。

「い、いきなり、なんですか？　そんなわけないじゃないですか」

「今の俺への態度だけじゃない。成績や授業態度からして、妃教育に関するものは明らかに手を抜いてる。そんなに俺の嫁になるのが嫌か」

アルベルトの花嫁になりたくてもなれなかった自分への酷な質問に、ロザンナは唇を噛む。そして胸の痛みに耐えきれなくなり、気持ちをぶつける。

「あなたの花嫁になりたいと言っても、どうせ叶わないのでしょ？　私、わかっているんです。アルベルト様がマリンさんを好いていらっしゃることを」

「俺が？　どこをどう勘違いしたらそうなるんだよ」

「候補者たちの多くも、花嫁に選ばれるのはマリンさんだと予想しています。休暇中に彼女の元へ訪ねていかれたとも聞きましたし」

ロザンナから飛び出した言葉にアルベルトはほんの一瞬唖然とした顔をするも、盛大なため息と共に一蹴する。

「たしかに行ったが、彼女に会いたくてアーヴィング邸を訪ねたわけじゃない。とある事件について調べていて。……それ以上は言えない」

疑わしい気持ちと、事件の詳細に触れるのを先に拒否されたことが引っかかり、ロザンナは「そうですか」と素っ気なく返す。

すると、視線を落としたロザンナの手をアルベルトが掴み取った。

「あの訪問と、純粋に一緒にいたいと思える今この瞬間はまったくの別物だ。俺は、誰よりもあなたを大切に想っている」

「それは、……私を好いてくれているということですか？」

「あぁ。俺はロザンナが好きだ」

アルベルトの表情は真剣で、とても嘘をついているようには思えない。

ずっと欲しかった言葉に、喜びで胸が震える。目に涙も浮かぶが、すぐにこれまでの人生の記憶が心に影を落とす。

結局彼が選ぶのはマリンさんなのでしょと、彼を信じ切れないもどかしさがロザンナを苦しめた。

「なんでこの世の終わりみたいな顔をしているんだよ。そんなに俺が嫌いなのか？」

アルベルトにボヤかれ、ロザンナはハッと顔を上げてふるふると首を横に振る。

「それなら俺は、ロザンナにとってどんな存在なんだ」

「……私は、自分の気持ちと向き合うのが怖いのです。アルベルト様を慕っていると認めたら、どんどん好きになってしまう。あなたしか見えない状態になったとき、手を離されてしまったら……怖くて仕方がないのです」

一回目の人生の死因はロザンナ自身だ。アルベルトを好きすぎて、でも彼がほかの女性を選んだことに絶望し自ら命を絶った。

今ロザンナは、彼に惹かれ始めている自分に必死に気づかないふりをしている。

アルベルトを心のままに好きになり期待を膨らませるほど、絶望も大きくなるからだ。

「……俺が信じられないんだな」

アルベルトは顎に手を当てて考える仕草をしたあと、ロザンナを掴んでいた手を離してソファーから立ち上がる。

机の引き出しからなにかを取り出してロザンナの隣に舞い戻ると、再び手を掴み取った。

手の中に置かれた冷たい感触にすぐさま視線を落として、ロザンナは大きく目を見開く。彼から渡されたのは鍵だった。

「この部屋の鍵だ。今ここを、執務室として使っている。放課後や空き時間は大抵いるから、ロザンナにも来てほしい。その目で見て判断してくれ。俺が心を許すに値する人間かどうかを」

アルベルトの真剣な面持ちと手の中にある小さくても重みを感じる鍵を交互に見てから、ロザンナは頷いた。

「わかりました。また来ます。……ここには読み応えのある書物がたくさんありそうですし」

「好きなだけ読んでいいから、妃教育にもやる気を出してくれ」

アルベルトの言葉をさりげなく聞き流しつつ、ロザンナはテーブルにそっと鍵を置くと、紅茶をひと口飲み、早速書棚へ向かう。

「今日はこれを読むわ」

引き抜いた本を胸元に抱えてロザンナは振り返り、アルベルトへと嬉しそうに笑いかけたのだった。

その日から、ロザンナは放課後になるとアルベルトの執務室へ通うようになった。

「今日も補習頑張ってね」

授業を終えて、今日はなにをしようかと考えていたロザンナへと、ルイーズが苦笑いで声をかけた。

実は補習でないことを、ルイーズも知っている。

しかし、教室内にはロザンナの動向を注意深く観察しているマリン派の花嫁候補たちがたくさんいるため、事を荒立てないためにあえて補習としているのだ。

ちらちらとこちらを見ているマリン派の彼女たちを横目で見てから、ロザンナは同じく苦笑いで「ありがとう」と返事をし、先に席を離れたルイーズを見送る。

聖魔法の教本をバッグに入れて立ち上がりかけ、慌ててロザンナは座り直した。

メロディとの補習なのに聖魔法の教本だけ持っていくのはおかしいかもとマナーの本も追加で入れて、もう一度立ち上がる。

逃げるように教室を出ていく途中で、戸口の近くで取り巻きたちと一緒にいたマリンと目が合い、すぐさまロザンナは視線を逸らす。

そのまま教室を出ようとしたが、彼女たちの横に差し掛かった瞬間、声がかけられた。

「ロザンナさん、毎日補習大変ですね」

マリンだった。声音から不機嫌なのはわかったが無視するわけにいかず、ロザンナは立ち止まる。

「仕方がありませんわ。私は出来が悪いから」

「そうかしら。決して悪くはないと思うけど。こう言ってはなんですけど、ロザンナさんより成績が芳しくない方もいますのに、どうしてその方々は呼ばれないのかしら」

指摘にぎくりとし顔を強張らせたロザンナを、マリンは鼻で笑う。

「今まで嫌々受けているのかと思っていましたけど、もしかして違いますか？　自ら望んで補習をされているのかしら」

「ほ、本気でおっしゃっているの？」

「えぇ。だって最近のあなたはとても楽しそうに見えるわ。補習を受けたら点数が稼げるように、お父様が話をつけたのかしら。お得意でしょ？」

ちくりと突き刺さった嫌味に、ロザンナは眉根を寄せる。自分だけならともかく、父まで馬鹿にされたことが我慢できなかった。

「そう思うなら、マリンさんも一緒にいかがですか？　補習を受けたくらいで私に追いつかれでもしたら嫌でしょう？」

ほんの数秒、ロザンナはマリンと睨み合ってから、軽くお辞儀をして教室を飛び出す。

ずんずん廊下を進み、角を曲がったところで足を止め、大きく息を吐き出した。

自分を睨み返したマリンは、九回目の最期で怒りをあらわにした彼女と同じ顔をしていた。

煽らず騒がず穏便にあと半年乗り切る予定だったのに、ついカッとなってしまった自分を恨めしく思う。

思い返せば、今回はアカデミーに入学した当初からずっとマリンとぎこちない。

入学前にはもうすでに、ロザンナがアルベルトと頻繁に会っているのはずるいと不満を持たれていたのだから、友好関係を築けないのも当然かもしれないが。

十回目の人生、この先どう展開するのか見えなくなってきている。

騎士団の紫色のチャームを所持していたあの彼のことをハッキリさせないまま、アルベルトを信じて自分の気持ちに素直に生てもいいのか。

しかし展開が読めないからといって、不安で雁字搦《がんじがら》めになっては意味がない。この先なにが起きても、絶対に生き延びなくては。

ここからが本番だと自分に言い聞かせて、ロザンナはアルベルトの執務室に向かって歩きだした。


四階には空き教室しかないため、滅多に人とすれ違うことはない。

いつものように三階から四階へと階段を上り、突き当たりにある執務室に向かって廊下を進んでいたのだが、ロザンナは途中で足を止めて振り返る。

自分以外の足音を耳が拾ったような気がしたのだ。

けれど、廊下はいつも通り静まり返っていて、人気《ひとけ》はまったくない。様子をうかがいつつも、ロザンナは鍵を開けて執務室に入った。

甘い花の香りに気づき、ロザンナは室内を見回す。アルベルトの机の上に置かれている観賞用のディックが目に入り、そのまま足が引き寄せられる。

昨日はなかったため、今日持ってきたものだろう。

そっと手を伸ばすと、赤い花弁がロザンナに反応して小さく光を瞬かせた。

以前、トゥーリと交わした会話を思い出し、アルベルトの魔法薬用のディックの花壇が頭に浮かんだ。

もう一度見せてもらいたいとお願いしてみようか。

そんな考えが脳裏をよぎり、わずかに口元に笑みを浮かべたとき、背後でガチャリと扉が開けられた。微笑んだまま振り返り、ロザンナは言葉を失う。

入ってきたのは、マリンだった。どうして彼女がここにと抱いた疑問は、すぐに先ほどの違和感につながった。

「私をつけてきたのですか？」

声を震わせてのロザンナの問いかけは無視し、マリンは驚いた様子で部屋の中を見回している。

「こんなところで補習をしていらっしゃるの？」

マリンはうろついたあと、ロザンナのそばで足を止める。彼女が見つめているのはアルベルトの仕事机。

「……それ、アルベルト様が好きなお花ね」

呟かれた低い声音、鋭い眼差しが突き刺さり、ロザンナはぎくりと肩を竦める。

「本当に補習なの？　まさかここで、アルベルト様と会っていたりしないわよね」

なんてごまかそうか。まず最初にそう考えたが、その場しのぎの嘘をついてもいつかきっとバレてしまうだろうとすぐに思い直す。

ロザンナは背筋を伸ばして、マリンと向き合った。

「ええその通りです。私はここでアルベルト様と過ごしております」

ハッキリ告げると、マリンは唇を噛んでロザンナを睨み返した。

「宰相のお父様を持っているあなたが、恨めしくて仕方がない」

「お父様が宰相だからって、なんだって言うの？」

「国王に進言できる唯一の存在。発言力も強く、国王に代わって臣下を動かすこともできるのよ？　アルベルト様はあなたを蔑《ないがし》ろにできないわ。宰相様を怒らせて、謀反を企てられたら大変ですものね」

謀反という不穏な言葉に、ロザンナは目を見張る。自分の父にそんな凶悪な側面があるとはとても思えない……思いたくなかった。

「歴代の王妃に宰相の娘が多い理由はそれよ。アルベルト様があなたを贔屓するのは、宰相様の機嫌を損ねたくないから。宰相が別の誰かに変わらない限り、あなたが花嫁に選ばれるでしょうね。でもあなたは愛されてなんかいない。勘違いしないことね」

ロザンナに動揺が広がる。強く責め立てるマリンの言葉はロザンナに向けられたものだが、瞬時に連想したのは過去の人生の中にいるマリン自身だったからだ。

スコットが亡くなり、アーヴィングが宰相の地位を得て、アルベルトがマリンを花嫁に選ぶ。

その言葉通りなら、宰相の機嫌を損ねたくなくて花嫁に選ばれたマリンは、アルベルトに愛されていなかったということになる。

ふっと九回目の記憶が蘇る。

アルベルトがマリンに求婚する直前に見せた苦しげな顔。まさかという思いがロザンナの心の中で膨らんでいく。

もしかしたらエストリーナ夫妻の死の回避は、ロザンナだけでなく、たくさんの人々の人生に、そして国政にまで大きな変化をもたらしているのかもしれない。

ロザンナにとって喜ばしいことであっても、手にするはずのものが得られなかったアーヴィング親子にとっては、ある意味迷惑な話。

「……それなら、私と私の父の存在が憎いでしょうね」

思わず呟いたロザンナの言葉を聞いて、マリンは自嘲する。

「えぇ。あなたのご両親が襲われたと聞いたあの夜、もしかしたらこのまま私の父が宰相になるかもと期待してしまったほどにね」

「なんてことを」

咄嗟にロザンナはマリンの腕を掴んだ。両親の死を望んでいたとわかる発言に怒りが込み上げてくる。

しかし、そんなロザンナになどおかまいなしで、マリンは続ける。

「けれどそのあとすぐ、致命傷を負ったはずの宰相が元気な姿で城に現れたって父が唖然としていたわ。しかもあなたが両親を助けたって言うじゃない。聖魔法が使えて、おまけに女神とまで崇められてて、大きな差をつけられたようで悔しかった」

ふつふつと沸き上がっていた怒りの中に疑問が生まれ、一気に冷静さを取り戻す。

じっと見つめてくるロザンナに気まずさを覚えたのか、マリンは勢いよく顔を逸らした。

「刺されるほど誰かに恨まれていたのでしょう？　自業自得だわ」

そしてロザンナの手を乱暴に振り払い、足取り荒く部屋を出ていく。

残されたロザンナは崩れ落ちるようにソファーに腰を下ろし、高ぶる鼓動を宥めるべく胸元を摩る。

目撃者がたくさんいたので、エストリーナ夫妻が誰かに襲われたのは周知の事実である。

同時にその場で、ゴルドンの見立てにより両親共にそれほど傷は深くなかったとされた。

そのため、実際は致命傷だったのを知っているのは傷を負った両親、それからロザンナとゴルドン。

後にスコット自ら、国王とアルベルトに包み隠さず話した際に、誰かが漏れ聞いた可能性はある。しかし、さっきのマリンの言い方は、まるで襲撃にあった当夜に致命傷だと知っていたかのようだった。

どうして知っているのか考えを巡らせるうちに、もうひとりいることに気がついてロザンナの手が震える。

襲った本人だ。聖魔法での治療も困難なほど深い傷を与えたはずなのに、すぐにスコットが元気な姿で目の前に現れたら、……さぞ唖然とすることだろう。

ロザンナもゴルドンもしばらくの安静を要求したが、スコットはそれを押し切り、毅然とした態度で職務に復帰した。

思い返せばその姿は、誰にも付けいる隙を与えたくないかのようだった。

両親の襲撃にアーヴィング伯爵が関わっているとしたら……。軽い吐き気を覚えて口元を手で覆ったとき、バタンと大きな音を立てて扉が開かれた。

「ロザンナ！」

部屋に飛び込んできたアルベルトが、まっすぐロザンナの元へ向かってくる。

「アルベルト様。どうしたのですか、そんなに慌てて」

「さっき廊下でマリン・アーヴィングとすれ違った。ひどくご立腹だったよ」

「すみません。それは私のせいです。先ほどまでここでお話をしていたので」

ふふっと力なく笑ったロザンナの頬をアルベルトは両手で包み込み、不安げに瞳を揺らす。

「顔色が悪いな。大丈夫か」

「ええ。平気です。……あの、ひとつだけお伺いしても？」

ロザンナはアルベルトの目をじっと見つめて願いを口にする。アルベルトも、穏やかにロザンナを見つめ返しながらこくりと頷いた。

「父は、国王様やアルベルト様の目にどう映っていますか？　……たとえば、王への忠誠心があまり感じられないとか」

「なるほど。ありもしないことを吹き込まれたようだな」

ロザンナの頭を優しく撫でてつつ隣に腰掛け、アルベルトが真摯な声で続ける。

「スコットほど王の、そして俺の味方になってくれる臣下はいないよ。誰よりも信頼している」

くれた言葉にロザンナはホッと息をつき、同時に笑みが広がる。

アルベルトはそっとロザンナを自分の元へと引き寄せた。ロザンナは驚きつつも、彼の胸元にそのまま身を預ける。

「きな臭いことがまったくないわけじゃないが、我が国が安定しているのはスコットの存在が大きい」

父のことを誇りに思い、ロザンナが胸を熱くさせると、アルベルトの声が一段と低くなる。

「……もし、宰相が違っていたらそうはいかなかった」

「あの時、お父様が亡くなっていたらやはり宰相はアーヴィング伯爵が？」

「きっとそうなっていただろう。むしろ忠誠心を感じられないのはアーヴィング伯爵のほうだ。俺の命も危うかったかもな」

最後にぽつりと付け加えられたひとことに、ロザンナは勢いよく顔を上げる。

自分が見てきたこれまでにそんな悲劇などなかった。だからなんの心配もいらないと笑い飛ばせるはずなのに、胸が苦しくて、涙がこみ上げてくる。

「大丈夫だよ、もう簡単にやられたりはしない。俺がロザンナを守りぬくと心に誓ったから」

滲んだロザンナの視界の中でアルベルトは苦笑いをし、そのままゆっくりと顔を近づけてくる。

頬に触れた指先のくすぐったさにわずかに身体を反応させ、今にも触れてしまいそうな唇にロザンナが身構えた瞬間、コンコンと戸が叩かれた。

「失礼します！」

威勢よい声音と共に扉が開けられ、騎士団の身なりをしたがたいのいい青年が室内へと足を踏み入れる。

一気に大股で歩み寄ってきて敬礼するも、ソファーから床へずり落ちているアルベルトの姿を目にし、ほんの一瞬言葉に詰まった。

突然の来訪と自分の状況に慌て驚いたロザンナが、扉が開かれると同時にアルベルトを力いっぱい突き飛ばしたのだ。

「お、お話があるようですね。私はお邪魔でしょうから、部屋に戻ります。それではまた明日。ご機嫌よう」

ロザンナはすくっと立ち上がり、バッグを両手で抱え持つ。

アルベルトに「ロザンナ」と呼びかけられても恥ずかしさが勝って振り返れず、そのまま一目散に部屋を出た。

パタパタと足音を響かせながら廊下を走り、階段で足を止めて長く息を吐く。

ロザンナはそっと唇を指先で押さえた。騎士団員が来なかったら、口づけを交わしていたかもしれない。

考えただけで胸の高鳴りがひどくなり、のぼせそうなくらい顔が熱くなる。

明日、どんな顔をして会えばいいのだろうか。

戸惑いに期待まで混在した感情で胸を膨らませながら、一気に階段を駆け下りていった。


翌日になっても、気持ちはまだ落ち着かないまま。

最初の授業を終えると同時に、教室前方から「ロザンナ・エストリーナ」と名を呼ばれ、ロザンナはハッと顔を上げる。

「はい!」と返事をし、自分を呼んだメロディと目を合わせると、廊下を指差して先に教室を出ていった。

廊下に来なさい。そう求められたのは理解するも、なんの呼び出しなのかがわからず、隣に座っているルイーズへ顔を向ける。

肩を竦めた友人に「行ってきます」とひとこと呟き、ロザンナは席を立った。

廊下へ出るべく、花嫁候補たちの視線を感じながら教室内を移動する。

扉近くに座っていたマリンたちから好意的とは言えない目でじっと見つめられ、心に重苦しさを植えつけられながらロザンナは彼女たちの前を通り過ぎた。

メロディは窓の近くに佇んでいた。まるで戸口から距離を置いているかのようで、ロザンナはわずかに首を傾げる。

「メロディ先生、どのような御用ですか？」

問いかけにメロディの目線が一度教室へと向けられ、そして、ロザンナにしか聞こえないくらいの声音で話しだす。

「王妃様より、会いたいと申し出がありました」

あがりかけた驚きの声をロザンナは必死に堪えた。

ちらりと肩越しに見た戸口には、マリンの取り巻きが耳をそばだてている姿があり、ロザンナの声も自然と小さくなる。

「私とですか？」

「そうです、できれば今すぐに。花嫁の決定まで半年を切りましたからね。一度あなたとお話をされておきたいそうです」

どちらにしても王妃からの呼び出しに背くことなどできるはずもなく、「……わかりました」とロザンナは頷く。

「このあとの授業は、私から休みの連絡を入れておきます。……呼び出されたのはあなただけよ。よかったわね。でも浮かれて気を抜かないように」

真面目すぎて冷たくも感じていたメロディが見せた微笑みに、ロザンナの心に温かさが広がる。

最後にもうすぐ馬車が門の前まで迎えにくると告げて、メロディは颯爽とした足取りでこの場を離れていく。

ロザンナは教室に戻り、ルイーズだけに「あとで理由を話すから」とこっそり告げて、すぐさま教室を出ようとする。

しかし、ロザンナの取り巻きたちが目を輝かせながら行手を塞いだ。

「ロザンナさん、どこに行かれるのですか？」

「もしかして、今のはアルベルト様からの呼び出しですか？」

興奮気味に詰め寄られ、ロザンナは顔を強張らせる。

しかし、このまま取り囲まれてしまったら逃げ出せなくなりそうで、「違うわ」と繰り返し否定しながら彼女たちの間をなんとかすり抜けて、教室を飛び出した。

小走りで廊下を進み、校舎から外に出る。

門のそばには魔法院へ行く際に乗り込んだ馬車と同じものが待機していた。ロザンナが近づくと御者が恭しく頭を下げ、馬車の扉を開ける。

緊張の面持ちで中を覗き込み、誰もいないことに少しばかり残念な気持ちになる。

もしかしたら中にアルベルトがいるかもと期待してしまったからだ。

ロザンナは座席に腰を下ろし、不安げに窓の外へ目を向ける。程なくして馬車が動きだし、アカデミーから遠ざかるにつれて不安が掻き立てられていく。

アルベルトとの初めての出会いとなる誕生日パーティー、そして花嫁候補に決定後、城を訪れた際にも王妃と顔を合わせて挨拶している。

優しく笑いかけてくれたが、とても緊張したのをロザンナはよく覚えている。

しかもそのとき、隣にはアルベルトがいて話をつないでくれたのだが、今回はいない。

メロディの言葉からして、アルベルトの花嫁として相応しいかどうか確認したくて呼び出されたのだろう。

ロザンナはこの状況がいまだに信じられず、そこはかとない心細さに自分の身体を抱きしめた。

ひとりで大丈夫だろうかと不安だったが、バロウズ城に到着し、真っ先に目の前に現れたのが父のスコットだったのでロザンナは拍子抜けする。

「お父様！」

「あぁ私のかわいいロザンナ。久しぶりだね、元気だったかい」

「ええ。お父様こそ、元気そうでなによりです」

ぎゅっとロザンナを抱きしめてから、スコットは「こっちだよ」と先導して歩きだす。

城内へ入るとまず目に飛び込んでくるのが、大きな螺旋階段。スコットは慣れた足取りで上り始めるが、ロザンナには緊張が付きまとう。

以前、アルベルトとの謁見が許されていたのは一階の部屋だったため、王族のプライベートルームもある上階へ足を踏み入れるのは初めてだ。

二階の廊下を進み、とある部屋の前でスコットが足を止める。控え目な音を立てて扉を叩くと、すぐ中から「どうぞ入って」と柔らかな声が返ってくる。

スコットが「失礼します」と話しかけ、ゆっくりと扉を開けた。ロザンナもスコットに続いて入室し、丁寧にお辞儀をする。

「突然呼び出してごめんなさいね。どうぞ座ってちょうだい」

「はい」

ロザンナは緊張いっぱいに返事をし、ぎこちない足取りで王妃のいるテーブルまで進み、向かい側の席へ腰を下ろす。

城内の荘厳さにすっかり気後れしていたが、通された部屋は白を基調としたカントリー調の家具で揃えられているからか、自然と気持ちが落ち着いてくる。

部屋だけじゃない。微笑みかける王妃の様子も気取ったところはまったくなく、親しみすら感じてしまうほどだ。

ロザンナのそばに立ったスコットへと、王妃は目を大きくする。

「あら、スコットはここまでよ。女ふたりで気兼ねなくお話がしたいの。遠慮してくださいね」

「そ、そうですか。ご一緒したかったのですが仕方ありませんね。それでは失礼いたします」

言葉では受け入れたものの、心残りの顔をしてスコットは部屋を出ていった。

「あの様子じゃあ、しばらく扉に張り付いて私たちの会話を聞いていそうね」

ぱたりと戸が閉まったあと、こっそりと話しかけられロザンナが苦笑いで首肯すると、王妃も楽しげに笑みを深めた。

アカデミーで聖魔法の授業も受けているのよねとの質問から妃教育に関する愚痴まで、紅茶とケーキをお共に王妃のお喋りは止まらない。

話しているうちに緊張も解けて徐々に笑顔が広がっていったロザンナを微笑ましげに見つめながら、王妃は紅茶をひと口飲んでほっと息をつく。

「お人形さんみたいにかわいらしいわ。アルベルトがひと目惚れするのも納得ね」

「ひ、ひと目惚れ、……ですか？」

「ええそうよ。十一歳の誕生日であなたに出会ってから、ほかの女性はまったく目に入ってこないみたい。ロザンナさんと踊った直後、あの子こう言ったのよ。宰相の娘がかわいすぎて、緊張して手が震えたって」

アルベルトの十一歳の誕生日と聞いてロザンナが思い浮かべたのは、真っ白なディックが咲いていたあの場所でのひとときだ。

この人生を振り返り、アルベルトの心を変える切っかけがあったとしたならきっとそこだろうと考えていたが、続いた意外な言葉に思わず目を大きくさせる。

「アルベルト様がそんなことを？」

「ええ。それからも、一緒に踊っているほかのお嬢さんより、あなたのことを見ていたわ。それまで同年代の女性に対してうんざりしていたあの子がよ」

ロザンナも最初の出会いを思い返す。たしかにアルベルトは、どことなくつまらなそうな様子だった。

「ここだけの話、あの子はあなたを正妃にしたいと思っている。でも、これぱかりは自分だけで決められないから、毎日落ち着かないでしょうね」

王妃はこそっと、しかしロザンナにとっては重大なひとことを投下する。

昨日の執務室で、顔の距離が近づいたあの瞬間が脳裏をよぎり、ロザンナはさらに落ち着かない。

「国王、アカデミーの学長、宰相はもちろん力のある臣下も含めて話し合いがされているわ。スコットが頑張ってあなたを推しているけれど……」

王妃は気まずそうな顔をしただけで最後まで言わなかったが、ロザンナには伝わっていた。

現状、花嫁に選ぶに相応しいのはマリンとされているのだろう。前期の試験結果を考えると当然である。

「ほかに有力視されてる花嫁候補もいるけれど、私はあの子の母親だから……アルベルトが望む子と結婚してほしい」

本音を言葉にした王妃と、ロザンナはじっと見つめ合う。

アルベルトの花嫁になりたい。でも結局アルベルトに選ばれるのはマリンかもしれない。

今を信じようとする力を過去の怯えが邪魔をする。最後の一歩を踏み出せぬまま、ロザンナはかすかに唇を噛んだ。

言葉を返せなかったのはそれだけで、王妃とのお喋りはとても楽しく、飛ぶように時間が過ぎていった。

アカデミーに戻る時間を迎え、王妃に名残惜しそうに見送られながら、ロザンナは侍女と共に王妃の部屋を出た。

城の外へ出て、ロザンナの前を歩いていた侍女が「あら？」と困惑げに呟く。

王妃の部屋で戻りの馬車の準備が整ったと声がかけられたため出てきたのだが、なぜかそれが見当たらないのだ。

侍女はたまたま近くにいた庭師に話を聞きにいき、すぐにロザンナの元へ戻ってきた。

庭師が言うには、たしかに馬車は止まっていたが、つい先ほど違う誰かを乗せて城から出ていってしまったようだ。

「再度手配致しますので、少々お時間を」と侍女から王妃の部屋へ戻る提案をされたが、ロザンナはたくさんの花が咲き誇っている美麗な庭園へと目を向け、「お庭を見て回っていてもいいですか？」と願い出た。

城内へと小走りでかけていく侍女の背中を少しばかり見つめてから、ロザンナは庭を散策し始める。

遊歩道を進みながら鮮やかに咲いている花々を目で楽しみ、時々胸いっぱいに息を吸い込んでは甘い香りに笑みを浮かべる。

途中でベンチを見つけて腰を下ろし、先ほどの王妃との会話で出てきたアルベルトの十一歳の誕生日パーティーをぼんやり振り返る。

あの日はロザンナにとっても特別な日だった。

彼に指摘されて自分が光の魔力を持っていることに気づき、今までにない人生を歩む切っかけとなったからだ。

遠くに視線を伸ばし、目に入った小道にあっとひらめく。見つけたのは、別館に続く道だ。

真白きディックが咲いていたあの裏庭へ、もう一度行ってみたい。

一度思ってしまえば止められなくなり、ロザンナはそっと立ち上がり歩きだす。

途中ですれ違った庭師に、散歩がてら別館のほうまで行って戻ってきますと、侍女へ伝言をお願いする。

あの場所は今、どんなふうになっているのだろう。

別館への道から幅狭のレンガ道へと入り、懐かしさと共に胸を弾ませながら進んでいく。

やがて目的地である開けた場所に出て、ロザンナは「わぁ!」と歓喜の声をあげる。

唯一変わらないのは小屋だけ。かつてはひとつしかなかった魔法薬用のディックの花壇が、今は十以上も増えていた。

この白であふれかえった景色の中にアルベルトを想像し、ロザンナは微笑む。

エストリーナ家の庭師はこの花に手こずっているというのに、ほかの花同様こんなにも見事に咲き誇っているのは、城の庭師が優秀なだけではないだろう。

きっとアルベルトが試行錯誤をし、いろいろと助言をしているからだ。

もしかしたら彼が自ら世話をしているかもしれない。

優しく笑いかけながら水撒きをするアルベルトの姿を思い浮かべ、想像の中ですら絵になる優雅さにロザンナはたまらず口元を綻ばせた。

花壇と花壇の間の縦に伸びた通路を奥へと進む途中で、ざわりと花の揺れる音を耳が拾う。

しかし、風は吹いてなく、ロザンナの周りも揺れている様子はない。

不思議に思って振り返り、手前の花だけが変に揺れているのに気づいて首を傾げた。

数秒後、ハッとして辺りを見回す。光はまばゆく、火は燃えるように、このディックは力に顕著に反応する。

不自然な揺れの理由がそれならば、風の魔力を持った者が、……しかも力を発動させた状態で近くにいるはずだ。

「誰かいるのですか？」

表情を強張らせてロザンナが問いかける。一拍置いて、強い風が波となって吹き抜けた。ディックを大きく揺らし、ロザンナの足もわずかに後退する。

林の中から姿を現したのは、騎士団の制服に身を包んだ大柄の男だった。

騎士団員かとホッとしたのはほんの一瞬、すぐにロザンナは違和感を覚え、男をじっと見つめる。

にやりとした笑い方に歩み寄る姿、まとう雰囲気すら粗野に思えた。

この男性は本当に、品行方正であるべきとされている騎士団員なのかと疑ってかかってしまうほど。

「これはこれはロザンナ・エストリーナ嬢。だめですよ、こんなひと気のない場所を、美しいあなたがひとりでふらついていては」

名前を呼ばれただけで、ぞわりと背筋が寒くなった。

男が花壇の間の通路へ足を踏み入れどんどん距離が近づいていることにも、余計恐怖を煽られる。

この人は危険。本能でそう感じ取りつつも、ロザンナはなんとかにこりと微笑みかけた。

「勝手にうろついてしまってすみません。すぐ戻ります」

ちょうど目の前で男が立ち止まったため、警戒心を悟られないようできるだけ冷静にその横を通り過ぎようとしたが、突風に襲われてロザンナの足が止まる。

「それは困るな。アカデミーから出てこないあなたがやっと出てきて、自分からひとりになってくれたんだから」

腕を掴み取った男の目が異様にギラつく。ロザンナは恐怖で身体を竦ませた。

「間近で見ると、本当にきれいな顔をしているな。アルベルトが入れ込むのも納得だ」

「離してください」と声を荒げて男の手を振り払おうとしたが逆に力強く掴まれ、ロザンナは痛みに顔を歪める。

「現役の聖魔法師でもできないことを、あの年でさらりとやってのけるくらいだ。致命傷を与えて、また命をつなぎとめられてはかなわんからな。今度はしっかりと息の根を止めないと」

吐き出された醜悪な言葉にロザンナの鼓動が重苦しく響く。

両親を襲ったあの事件にこの人は関わっている。そうハッキリ感じ取り表情を強張らせたロザンナへ、男がにやりと笑いかけた。

「なあに寂しくないさ。すぐに父親もあの世に送ってやる」

男は左手でロザンナの腕を握りしめたまま、右手でゆっくりと鞘から剣を抜く。

恐怖で完全に動けなくなったロザンナの目に、振り上げられた剣が映る。それが躊躇いなく振り下ろされた瞬間、視界に別の誰かが素早く割り込んだ。

男の剣を短剣で受け止めるアルベルトの姿に、ロザンナの目に涙が浮かぶ。

「ロザンナに剣を向けて、ただで済むと思うなよ」

殺気に満ちたアルベルトの声に反応して、一気にディックの花弁が炎の色彩で染まっていく。

アルベルトから腹部に蹴りを繰り出され、衝撃と痛み、そして気迫に押された男が大きく後退する。

「少し下がっていて」

掴まれていた手が離れたため自由になったロザンナも、アルベルトの要求に応じるようにふらふらとうしろへ下がっていく。

十分に距離を置いたところで、アルベルトが素早く男に切りかかった。

いつか見た授業での一場面など比にならないほど容赦なく、隙のない動きで男を追い詰める。

男も、風の力も使ってなんとか返そうとするが、アルベルトにことごとく押さえ込まれ敵わない。

仰向けで倒れた男の右手をアルベルトが踏みつけた。そして冷たく見下ろしたまま短剣を鋭く振り下ろす。

ロザンナは息をのんだ。アルベルトも男も、ロザンナも動かない。

場に静寂が落ちたその数秒後、バタバタと足音を響かせて何人かの騎士団員が場に駆け込んできた。

敵か味方か判断できずロザンナは身構えるも、彼らの鞘に青色のクリスタルチャームが付いているのを見て、ホッと息をつく。そして「アルベルト様！　ロザンナ！」と前に出てきた兄、ダンの姿に再び涙がこみ上げてくる。

「洗いざらい話してもらうからな。覚悟しろよ」

アルベルトに冷酷に告げられ、わずかに切りつけられた首筋から血を流しながら男が呻き声をあげる。

土に刺さった短剣を引き抜いてアルベルトが退くのを見計らっていたように、騎士団員たちが男を取り押さえにかかった。

ふうっと息をつき、アルベルトは踵を返す。歩み寄ってくる彼をロザンナもじっと見つめ返した。

アルベルトと向かい合った途端、安堵でロザンナの足から力が抜ける。倒れそうになった華奢な身体を、アルベルトは自分の元へとしっかり引き寄せた。

「怪我はないか？」

黒髪、そして瞳に混ざった赤い輝き、そっと視線を落として見つけた紫色のクリスタルチャーム。ロザンナはわずかに笑みを浮かべて話しかけた。

「……やっぱり、あのときの彼はアルベルト様だったのですね」

「あぁ。ロザンナが救った男は俺だ。礼が遅くなってすまない」

ロザンナは微笑んだままゆるりと首を横に振り、そのままアルベルトの背中へと手を回してぎゅっと抱きついた。

「ずっと気になっていたんです。彼は元気にしているだろうかって。アルベルト様のお役に立ててよかった」

男が騎士団員に連行されるのを見つめながら、アルベルトはロザンナを軽く抱きしめ返した。

ふたりの元にやってきたダンが、神妙な面持ちで話しかける。

「二年前、宰相を襲ったのは自分だと白状させられますかね」

「スコットが奴を覚えているし、白《しら》を切らせはしない。必ず罪を償ってもらう。そしてそのうしろにいる黒幕まで引っ張り出してみせる」

アルベルトとダンの会話で、やはり先ほどの男は両親の事件にかかわっていて、しかも男を指示した人物もいると知る。

「アルベルト様、もしかしてずっと犯人を探してくれていたのですか？」

思い切ってのロザンナの質問に、アルベルトはやや間を置いてから口を開いた。

「実はあのとき、俺はエストリーナ夫妻が狙われていると知り、なんとか阻止したいと向かったんだ。けれど敵はあの男のほかに数人いて、情けないことに返り討ちをくらってしまった」

「……そうだったのですね」

「スコットたちはロザンナのおかげで命が助かったけど……、ロザンナが通りかからなかったら、もう少し遅かったら、なくてはならない存在を失っていたところだった。大切な人を傷つけた輩は、絶対に許さない」

あの事件は風化してしまったとばかり思っていたが、こんなにも身近に諦めずにいてくれた人がいたことに胸が熱くなる。

ふたりのそばに立っていたダンが花壇へと顔を向け、うっとりと呟く。

「それにしても、見事な光景ですね。まるで花が燃えているかのようで神秘的です」

言われてロザンナも目を向け、「わぁ」と声をあげる。咲き乱れるディックは、アルベルトの力に呼応して、花弁を真っ赤に染め続けていた。

目の前に広がる神秘的な光景と、ダンの興奮気味な様子。そのふたつが九回目の人生での兄との記憶とつながる。

あのとき兄が言っていたのが、まさに今この瞬間のことだったとしたら。想像が、またいくつかの点と点を結びつけていく。

九回目の人生でも、アルベルトがこの場所で両親を殺害した犯人を捕まえたとしたら。

しかし、ロザンナはそれに関して兄からなにも聞かされていない。

命を落としたスコットからはもちろん証言を得られないため、確たる証拠がないのをよいことにあの男に白を切り続けられてしまい、罪を認めさせられなかったからかもしれない。

そして、男に指示を出したのが、本当にアーヴィング伯爵だったとしたら。宰相となり強大な力を持っているため、引きずり下ろすのは難しく、なにも解決できないまま、アルベルトはスコットの命を奪った男の娘を娶《めと》らねばならなくなる。

前回、マリンへ求婚する直前に自分に向けられた彼の眼差しを思い出し、ロザンナの胸が痛みだす。

きっとあのとき、アルベルトは心の中でロザンナに謝罪をしていたのかもしれない。スコットの仇《かたき》を取れず、申し訳ないと。

そして、王妃から聞いた通り、十一歳の誕生日パーティーですでにアルベルトの心がロザンナに傾いていたとしたら。……好きになっていたとしたら。

「借りを返せた。これで心置きなくロザンナに結婚を申し込める」

彼が見せた優しい微笑みにロザンナの目から止めどなく涙が零れ落ちていく。

これまでの想いを伝えたくて、さっきよりも強い力でアルベルトに抱きついた。

アカデミーにアルベルトと共に戻ると、ちょうど昼食の時間に入ったらしく人々の移動が起こっていた。

寮まで送るという申し出をありがたく受け、ふたり並んで歩く途中でマリンの一団と運悪く鉢合わせする。

「ロザンナさんが急にいなくなったのは、やはりアルベルト様からの呼び出しがあったからなのね」と取り巻きたちが騒ぎ出す中、マリンが無表情でアルベルトの前まで進み出てきた。

「おふたりでどこに行っていらしたの？　ロザンナさんだけ贔屓してずるいですわ。もちろん私も、今度どこかへ連れていってくださいますよね」

アルベルトはわずかに眉根を寄せるも、王子は候補者を平等に扱うという決まりがあるため、断りの言葉は紡がない。

このままマリンが食い下がれば、嫌でもどこかに連れていく約束をさせられることになるだろう。

ロザンナはアルベルトの前へと進み出て、マリンと向き合った。

「決してふたり一緒に出かけていたのではありません。たまたま帰りがけにお会いしたので、馬車をご一緒させていただいただけです。贔屓だなんてとんでもない。ただの偶然ですわ」

見当違いと笑い飛ばすと、マリンは不機嫌さを隠そうとせず顔を歪めた。

しかし、思い切り睨みつけられても、ロザンナは攻撃の手をゆるめない。

「以前、アーヴィング伯爵から提案をされたのですが、その返事を、マリンさんを通してさせていただきますね」

一旦言葉を切り、ロザンナは大きく息を吸い込む。そしてハッキリと告げた。

「私は、花嫁候補を辞退しません」

場が異様な静けさに包み込まれる中、ロザンナは最後にひとこと「以上です」と笑顔で追加する。

「アルベルト様もここまでけっこうですわ。寮はすぐそこですから」

「わかった。それではまた」

すぐさまアルベルトは笑みを堪えきれない様子で頷いた。別れの挨拶をしたあと、アルベルトもロザンナもそれぞれに身を翻し、歩きだす。

これからもアルベルト様のそばにいたい。諦め続けてきた思いを胸に強く抱いて、ロザンナは覚悟と共に前へ突き進んでいく。

五章、まだ見ぬ未来へ

花嫁候補でいられるあと三ヶ月、悔いを残さないようにできるだけのことをしようと心に決め、ロザンナはひたすら熱心に授業に取り組む。

その必死さから、本気になったのはすぐに周囲に伝わる。

なおかつ、寮のロザンナの部屋には宝飾品をはじめ、いつか食べたサンドイッチ、花束に専門書など、アルベルトからさまざまな贈り物が届くのを花嫁候補たちが目にし、取り巻きたちの勢力図も変化していた。

「ロザンナさん、やっと補習から解放されたそうですね。よかったですわ」

「当然ですよね。最近のロザンナさんはやる気に満ちていますもの。メロディ先生も期待されているようですし」

「次の試験でどうなるか、本当に楽しみですわね」

確実に人数が増えた取り巻きたちに席を囲まれてしばらく愛想笑いを浮かべていたロザンナだったが、バッグを肩にかけ、以前ゴルドンに借りて繰り返し読んでいた聖魔法の本を両手で抱え持つと、静かに告げる。

「試験も近いので失礼しますね。ご機嫌よう」

最後に隣に座ったまま動けないでいるルイーズへ「また明日」と囁いて、ロザンナはその場を突破する。

そのまま、かつて共に聖属性クラスの試験を受けたエレナのところに向かい、持っていた本を彼女に差し出した。

「役に立つかどうかわからないけれど、私が試験を受けた頃、読んでいた本です。よかったら、エレナさんもどうぞ」

「貸してくださるんですか？　ありがとうございます。頑張ります！」

嬉しそうに笑う彼女に「頑張ってください」と微笑みかけたあと、ロザンナは教室を出た。

廊下にはマリンがいた。彼女のそばに残ったのは、友人と呼べるであろう子のふたりのみ。

彼女たちから向けられる敵意を感じる眼差しはいつも通りで、ロザンナもそっと視線を逸らし、足を止めずに進んでいく。

にこやかに挨拶してくる花嫁候補たちを笑顔でかわしながら東館から西館へと移動

すると、空気が緊張感のあるピリッとしたものに変わる。

後期のテストは花嫁候補たちにとって受ければいいものでしかなく、今や、ロザンナとマリンのどちらに軍配が上がるかと楽しみにしている者もいるくらいだ。

一方、成績が進級や進路に大きく関わる一般の学生は呑気でなどいられない。教科書片手に廊下を行き交う姿は、皆真剣そのものだ。

そこまで考えて、花嫁候補の中にも一般の学生と同じ空気をまとっている人がふたりいるのを思い出す。

ルイーズとエレナだ。ルイーズは水属性クラスの授業をとっているので言わずもがなだが、エレナもまた大きな試験を控えている。

妃教育を終えたあと、学生として入学し直すべく、入学試験に向けて猛勉強中なのだ。

彼女から試験に向けての不安を打ち明けられたため、ロザンナは先ほど彼女に自分がよく読んでいた本を又貸しした。

アルベルトの執務室に入室し、自分の場所となりつつあるソファーに腰掛けてバッグから一通の封書を取り出す。中に入っているのは、来年度に関する案内だ。

午前にあった聖魔法の授業を終えたあと、いまだ仲よくなれない女子生徒ふたりの会話が聞こえてしまった。

「来年度、女神様はいるのかしら」という嫌味たっぷりの呟きに「花嫁に選ばれなかったら学生として残るんじゃない？」と続き、ロザンナは不安を煽られた。

学生を続けるのを目標にここまでやってきた。しかし今は、アルベルトに花嫁として選ばれたいという望みも持ってしまっている。

両方叶えたいと思うのは欲張りだろうか。

ぼんやり考えているとガチャリと戸が開き、書類を抱えた執事と共にアルベルトが部屋へ入ってきた。

机に書類を置いた執事へ「ありがとう」とアルベルトが感謝の意を述べると、執事は「失礼します」と腰を折り、部屋を出ていく。

ふたりっきりになったところで、アルベルトがロザンナの元へ足を向けた。

「早いな」

「今来たばかりです。アルベルト様ももうすぐ試験だというのに、大変ですね」

「優先順位はこっちが高いから仕方がない」

執務机に積まれた書類と欠伸をしたアルベルトを交互に見て、ロザンナは小さく微笑む。

前期の試験のときもきっと同じような状態だったはず。けれど彼は、火魔法だけでなく一学年の共通科目でも一番の成績を収めていた。努力の賜物だろう。

「お疲れ様です。アルベルト様を見習って、私も頑張らないと」

アルベルトは嬉しそうに目を細めてロザンナの隣に腰かけ、その手が握りしめている封書へと視線を落とした。

「それは？」

「来年度の案内です」

「もちろん進級するだろ？」

「できればそうしたいですけど」

あなたと学業、どちらも望むのは贅沢ですよねと再び思いに囚われる。

表情を曇らせたロザンナをアルベルトは抱き寄せて、ここ最近毎日付けられている青い蝶の髪飾りにそっと触れながらにこやかに続ける。

「学生を続けるのは前例がないと上が騒いでいるが、それになんの問題があるんだか。俺は逆に楽しみだとさえ感じてる。あと二年、共に学生の身分のまま恋人として過ごせるのだから」

耳元で甘く囁きかけられ、ロザンナは顔を熱くし固まる。

落ち着きなく視線を彷徨わせているロザンナを解放すると、アルベルトはソファーから立ち上がって両腕を伸ばした。

「さて、まずは仕事を片付けるか。……そうだ。試験が無事に終わったら、ひとつ願いを聞いてほしいのだが」

呆然としていたロザンナだったが、慌ててアルベルトへと顔を向けて、動揺が治らぬまま質問する。

「お願いですか。なんでしょう?」

「たいしたことじゃない。ちょっと付き合ってもらいたいだけだ」

「ええ。わかりました」

付き合ってもらいたいのひとことで頭に浮かんだのは、かつて連れていってもらった森の中にある木漏れ日が心地よいあの場所。

ロザンナはすぐに了承し、封書をバッグにしまう。そして自分も頑張らねばと、代わりに取り出した聖魔法の教科書のページをめくったのだった。

怒涛の試験期間が終了し、これから花嫁候補たちは休暇へと入る。

前期とは違ってすぐに成績が発表されない上に休みは三週間と長いため、マリンとロザンナにとっては気が気ではない日々が続く。

前回同様、聖属性クラスの授業があるので実家には帰らず、部屋で昼食を取っていると、向かいに座っているルイーズがロザンナに小声で問いかけた。

「正直なところ、試験はどうだった？」

聖属性クラスでの試験結果は今日出揃ったばかりで、今回もロザンナは優秀な成績を収めることができた。しかし、それはもう伝えてあるため、彼女の言う試験は妃教育のことだろう。

ロザンナはフォークを持つ手を止めて、小さく頷く。

「手応えはあったわ」

出し惜しみせず、全力でぶつかった。点数に関して文句はないだろう。

けれど、総合評価となるため前期の成績が大きく足を引っ張っているのは間違いなく、不安しかない。

果たして未来は変えられただろうか。これまで見てきたアルベルトがマリンに求婚する光景を思い返し、ロザンナの胸がきゅっと苦しくなる。

「こうやって寮の部屋で食事を取るのもあとわずかかぁ」

しみじみと発せられた言葉に、ロザンナは「そうね」と相槌を打つ。

一般の学生も寮生活をしているが、花嫁候補たちのそれとは違う。

ふたり部屋が主であり、食事は食堂で、身の回りの世話をする侍女をそばに置くことも許可されない。

「トゥーリに頼りっぱなしだったから不安はあるけれど、……食堂での食事には興味があったの。楽しみだわ」

ロザンナがこっそり打ち明けて、ルイーズも「私もよ」と笑みを浮かべる。

「ルイーズ、これからもよろしくね」

「ええ、もちろん！」

固い友情を頼もしく感じながら食事を進めていると、部屋にアルベルトの使いが訪ねてきた。

「食事が終わったら、門まで来てほしい」という伝言に「わかりました」と返事をし、ロザンナはルイーズと顔を見合わせる。

「デートのお誘いかしら」と茶化され、「これから？」とロザンナは苦笑いした。

試験後、たしかに付き合うよう言われている。今日の午後、聖属性クラスの授業はなく、妃教育は休暇中のためロザンナに予定はないが、アルベルトは普通に授業が入っているはずだ。

不思議に思いながらも、食事を終えるとすぐに寮を出て門へ向かう。

門のそばには何度も目にしている馬車が止まっていて、ルイーズの予想通りかもしれないとロザンナは目を大きくさせる。

小走りで近づいていくと、辿り着くよりも先に馬車の扉が内側から開けられ、アルベルトが顔を出す。

差し出された手を取って馬車に乗り込みつつ、ロザンナは怪訝な顔でどこかを見つめるアルベルトへ問いかける。

「どうかされましたか？」

「嫌な気配を感じて」

不穏な発言に表情を曇らせたロザンナに、アルベルトは「すまない。気のせいみたいだ」と苦笑いし、扉をしめた。

ロザンナが座ると、アルベルトもすぐさま隣に腰かける。

「これからどこかに行く予定ですか？」

「あぁこの前約束したあれだ」

「でも午後の授業は？」

「授業内容は、答案返しに答えの解説。だから、仕事が詰まっているという理由で抜け出すことにした」

アルベルトの成績は常にトップ。今回も同じだろう。

ひと段落ついた今、少し息抜きをしたいのかもと想像しながら、ロザンナはアルベルトと並んで腰を下ろした。

馬車が進み出すと、自然とロザンナの目は窓の向こうへ。しかし意識は、アルベルトに握りしめられている手のほうにあった。

気恥ずかしさを押し隠しながら、ロザンナは口を開く。

「それで、これからなにを？」

「……昼寝がしたい」

彼からの短い返答に、やっぱりとロザンナは笑みを浮かべる。それなら行き先はあの森だろう。

「試験も重なって、ここのところ大変でしたものね。お付き合いします」

「さすがロザンナ。話が早い。ありがとう」

すでに眠たげなアルベルトの声音に誘われて、ロザンナも小さく欠伸をする。

ロザンナ自身、寝不足はまだ解消されていない。あの場所に行ったら、前回同様、一緒に眠ってしまうだろう。

ぼんやりし始めた頭の片隅でそれでもいいかと考えながら、馬車が停止したのを感じ取った。

ゆらり頭を持ち上げたアルベルトが窓の外を見て、「着いたか」と呟く。

森までまだまだ時間がかかるはずなのにと不思議に思いながら、ロザンナは開けられた扉の向こうの景色に驚きで目を見開く。

「ここ、お城ですよね？」

「あぁ。その通りだ」

アルベルトに手を引かれながら馬車を降り、ロザンナは困惑気味に話しかけた。対して、アルベルトはさも当然の顔で返事をする。

「私はてっきり森に行くのかと」

「たしかにそれも考えたが、普通に、眠れる場所が……」

その先の言葉は欠伸でかき消された。

多くの者から挨拶を受けつつ城へと入り、ロザンナの中でまさかという思いが膨らむ。

アルベルトに手を引かれながら螺旋階段を三階まで上り切ったところで、ロザンナはたまらず話しかけた。

「……ア、アルベルト様。どこでお昼寝をされるつもりですか？」

問いかけると同時にアルベルトの足が止まり、目の前の扉を押し開ける。

「自分の部屋だ」

そのまま部屋の中へ入ろうとしたため、ロザンナは慌ててアルベルトの手を掴んで引き止める。

普通に眠れる場所という言葉から、自室のベッドで惰眠をむさぼりたいのだろうと予想はしたものの、実際ここまで来てしまうと緊張で動きが鈍くなる。

「ほ、本当に入ってよろしいのですか？」

「もちろん。連れてきておいて追い返すわけないだろう」

男性の部屋に入るなど、兄以外に経験がない。

しかも相手は一国の王子だ。こんなに気軽に入ってよいのかと戸惑うも、掴まれた手は離してもらえそうもない。

「しっ、失礼いたします」

覚悟を決め、ぎこちない足取りで室内へと進み、……ロザンナは「まあ」と目を輝かせる。

アカデミーで彼が使用している部屋と同じように壁際に大きな書棚があり、たくさんの本が並んでいたからだ。

「以前から思っていましたが、アルベルト様は読書家でいらっしゃいますよね」

上着を脱いだアルベルトに話しかけながら、ロザンナは嬉々として書棚へ近づいていく。

彼が眠っている間、なにか読ませてもらおう。専門書はもちろん小説も充実していて、これまであまり手を伸ばすことがなかったそちらにも目が向く。

「おすすめの物語を教えてくださいな」

タイトルを黙読しつつ、うしろにいるだろうアルベルトに声をかけたとき、そっと肩に手が乗せられた。

「すまない。寝入るまで付き合ってくれ」

振り返ると、すぐそこに眠そうな顔。うとうとしていても、美麗な顔は健在だ。どういう意味かとわずかに首を傾げた瞬間、アルベルトに横抱きに身体を持ち上げられ、ロザンナは「きゃっ」と小さく声をあげる。

「お、お、お待ちください、アルベルト様」

運ばれた先はベッドで、ロザンナの横にアルベルトも身を横たえる。ベッドを下りようとしてもたくましい両腕に引き寄せられて逃げ出せない。

アルベルトから眠たげにすり寄られ、ロザンナは身動きができず顔を強張らせる。抱き枕状態のまましばらくじっとしていると、やがてアルベルトから規則正しい寝息が聞こえてきた。

もう寝たのかと驚き、そっと顔を動かして彼の様子を伺う。無防備な寝顔を見るのは二度目。躊躇いながらわずかに頬に触れて、ロザンナははにかむ。

「お疲れ様でした」

徐々に温もりの心地よさに誘われ、アルベルトの呼吸に合わせてロザンナのまぶたも重くなる。

ここ数日の疲れを癒し合うかのように身を寄せて、眠りに落ちていった。

結局その日は夕方まで眠り続け、ふたりが目覚めたのもほぼ同時だった。

気恥ずかしくて顔を赤らめながら用意された紅茶を飲んでいるうちにアカデミーへと帰る時間が迫ってきて、おすすめしてもらった小説の一巻を借りて帰路についた。

アルベルトの部屋での時間は、幸せだった。

振り返るたび実感を深め、アカデミーでの残り少ない日々もきっとこんなふうに続くだろうと思っていた……が、願い通りにはいかない。

　翌日一般の授業を終えてから、ロザンナは一晩で読み終えてしまった小説を大切に抱え持ち、いつも通りアルベルトの執務室に向かうべく椅子から立ち上がる。

　昨日の幸福感を胸に残したままそわそわとした足取りで教室を出ようとした瞬間、「ロザンナさん」と先ほどまで教鞭をふるっていたゴルドンに呼び止められた。

　振り返ったロザンナへと、周囲を気にしながらゴルドンが話しかける。

「アルベルト様はしばらくアカデミーにお見えにならない」

「どうしてですか？」

「公務です。余裕があるときは授業に顔を出す予定のようですが、終わり次第城へ戻らないといけないため、放課後あの部屋に立ち寄る余裕がないとのことです」

「……そ、そうですか。わかりました」

　最後の言葉でこれはアルベルトからの伝言なのだと気づかされ、ロザンナはゴルドンに頷きかける。寂しいけれど、受け入れるしかない。

　廊下を歩いているルイーズの姿を見つけ、ロザンナは「それなら私は自室に戻ります。失礼します」とお辞儀をし、ゴルドンの元を離れた。

すぐにルイーズに追いつき共に寮に戻ると、いつもは部屋で待っているトゥーリが入り口で待っていて、しかもその隣にはダンの姿があった。

「お兄様、お久しぶりですわね。……なにかありましたの？」

ダンが私服ではなく騎士団の制服姿のため私用でやってきたとは思えず、ロザンナは周囲を見回しながら慎重に尋ねた。

それにダンはほんの数秒、トゥーリと視線を通わせてから、言いにくそうに口を開く。

「実は……、最近寮の近くで不審者の目撃情報がいくつか出ていて」

今度はロザンナとルイーズが顔を見合わせる番だった。

「本当ですか？」

マリノヴィエアカデミーはぐるりと壁に囲まれていて、出入口は門扉の一ヶ所だけ。

もちろん守衛も立っている。

安全だとすっかり思い込んでいたが、壁を乗り越えれば侵入は可能だ。

城でのあの一件と共に、先日馬車に乗り込む際にアルベルトが『嫌な気配を感じて』と警戒心をあらわにしたのを思い出し、ロザンナは身震いする。

あの男は捕らえられ牢に入れられているが、また似たようなことが起こったらと不安で胸が苦しくなった。

「うちの寮は皆出払っていて人が少ない状態だから、余計に狙われそうね」

「冷静に怖いことを言わないで」

淡々としたルイーズの分析に、思わず泣きそうになったロザンナへと、ダンが慌てて補足する。

「心配しなくていい。この寮を中心に第二騎士団が交代で見回りすることになったから。注意だけしていてくれればそれでいい」

「わかりました。よろしくお願いします」

ダンに見送られながら、ロザンナたちは寮の中へ入っていく。

花嫁候補たちが里帰り中なため、建物の中は静まり返っている。ここ数日は過ごしやすいと思えていたその環境が、途端に心細くなる。

しかしそのあとは、騎士団員が寮の内外や、時には校舎の中までもうろついているため、とくになにかが起きることもなく、むしろ見回り交代後のダンとのお喋りが毎日の楽しみになりつつ、休暇期間は終わりを迎えた。

花嫁候補たちがいっせいに寮へ戻ってくる中、ロザンナは小さくため息をつく。

いくら公務で忙しいとは言っても、皆が戻るまでに一度くらいはアルベルトの顔を見られるだろうと思っていたのだが、叶わなかったのだ。

寂しくて気落ちしている自分自身に、ロザンナは苦笑いする。あんなに遠ざけようとしていたのに、今は彼が愛しくてたまらない。

そして、アルベルトが花嫁を選ぶあの卒業パーティーも目前となり、ロザンナの緊張も高まりだす。

選んでもらえると信じたい一方で、今まで同様選ばれなかったらという考えも捨てきれない。

そして、危険を回避し命をつなげなくてはという思いも強くなる。聖魔法師として、そしてアルベルトの隣で、これからも生きていきたいのだ。

花嫁候補たちが久しぶりに教室に揃ったその日に、メロディによって成績が発表され、……ロザンナは愕然とする。

個々の成績はロザンナが最高点を記録したが、最優秀候補者としてあげられた名前はマリンだった。

今回も、真面目に取り組みさえすれば九回目のように挽回できると思っていたが、ロザンナはマリンを超えられなかったのだ。

「やっぱりマリンさんだと思っていましたわ」

「それもアルベルト様の贈り物ですか？　素敵ですわね」

落ち込む間もなく、休暇中アルベルトがアーヴィング邸にしばらく滞在していたとマリン本人が自慢げに言いふらしているのを聞き、ロザンナは完全に言葉を失う。

しかも、マリンの口ぶりからそのときすでに自分が最優秀候補者だと知っていたようで、アルベルトに褒めてもらったととびきり嬉しそうに報告する。

そのため数週間前までロザンナを褒め称えていた花嫁候補者数人は、今マリンを取り囲んでいる。

ロザンナのそばにはどちらにつくべきか判断がつかないでいる花嫁候補十人と、呆れ顔のルイーズに苦笑いのエレナ。

エレナ以外は、自分の周りに残った顔ぶれは前回と同じ。

これまでの人生とは別の道を進めていたはずなのに、強引な軌道修正でいつもの道へ戻され、気がつけば打つ手なしという状況に陥ってしまいそう。

花嫁に選ばれるのは、やっぱり彼女なのかもしれない。

聖魔法の授業を受けるべくロザンナがひとりでぼんやり廊下を歩いていると、ゴルドンとは別の講師に声をかけられた。

厚みのある封書を手渡され、笑顔で説明される。

「二年生への進級に関する手続きの書類が入っています。来年から聖魔法だけに専念できますね。我々は期待していますよ」

反射的に書類を受け取り頭を下げるも、心の中に苦さが広がっていく。

この書類はルイーズはとっくにもらっていたが、ロザンナは花嫁の有力候補だからとまだ渡されていなかったのだ。

書類を渡されたということは花嫁はすでに決定済みなのかもと、どうしても考えてしまう。

同時に、教師からあなたは選ばれていないのだと暗示されたようで、ロザンナはしばらくその場から動けなかった。

周囲が結果をわかっていて自分だけが知らないのではと疑心暗鬼になりそうなほど不安が湧き上がり、ロザンナは無意識にアルベルトの姿を探す。

彼と話がしたい。その思いに突き動かされて踵を返し、ロザンナは火魔法の教室に向かって歩きだす。

そっと戸口から覗き込み教室内を見回し、すぐにアルベルトの姿を見つける。

久しぶりに目にしたその姿に胸を熱くさせながら呼びかけようと口を開いたが、声が出なかった。

ぎゅっと唇を引き結び、ロザンナは後ずさり、そして背を向けた。

ここに来るまで、心にかすかな希望を持っていた。彼が想いをぶつけてくれたからこそ、諦められなかったのだ。

しかし、アルベルトの姿を目にして希望は弾け飛んだ。

窓際に佇み物思いに耽っていた彼の顔は、九回目の最後のパーティーで見たのと同じく無気質に見えた。

どうなっているか聞きたかったはずなのに、結果を知るのが怖い。

廊下の角を曲がると同時に足が止まる。しかしロザンナは歯を食いしばり、涙があふれ落ちるのを必死に堪えつつ、再び歩きだした。

一日の授業を終えてから、来ないとわかっているのにロザンナの足はアルベルトの執務室へ向かう。

ゆっくりと扉を押し開けて中に入り、ゆるりと室内を見回す。

やはり彼が立ち寄った形跡は見つけられず、こんなにも寂しい場所だったかとため息をついた。

ディックの白い花弁が視界を掠め、それが置いてある彼の机へと歩み寄る。

鉢植えの中の土は乾いていないため、お世話は欠かしていないようだ。

それが彼本人によるものかどうかはわからないけれどと冷静に考えを巡らせながら、ロザンナはディックの花に手のひらをかざす。

ぽうっと明るく輝いた花に、初めてそれを目にしたときの記憶を重ねて微笑んだ。

花へと伸ばしていた手をそっと自分の胸元に押し当てて、ゆっくり瞳を閉じる。

まぶたの裏にこれまでのアルベルトとの思い出が浮かんでは消えていく。

幼い日、真白きディックと共に顔を輝かせてエストリーナ公爵邸を訪ねてきた姿。

若くして回復薬の開発や研究を担ってしまうほどに優秀で、なおかつ努力家。頑張り屋だとも感じた。

スコットが危ないと知り、身体を張って止めようとして傷ついたあの夜。

力を使いすぎてベッドから出られないロザンナの元へ自分だって回復していないというのに駆けつけたりと、心根の優しさも知っている。

そばにいて、たくさんのことをアルベルトから学んだ。

知識だけじゃない、愛しさゆえの喜びや悲しみは、彼を想い生まれたもの。

アルベルトがマリンを選んでも、そこで自分たちは終わりじゃない。

ロザンナが聖魔法と共に生きていこうとする限り、今度は王子と聖魔法師と立場を変えて関係は続くだろう。

愛情が無理ならば、信頼でアルベルトを支えていこう。

彼の心強い味方になれるよう、あと二年しっかり学び続けよう。

ロザンナは目を開き、自分の決意を伝えるように両手をディックへと戻した。そしてありったけの力を花に注ぎ込む。

眩しいほどに光を放つディックの横に借りていた小説を置く。

そして、ロザンナは心の中にも同じ強い輝きを抱いて、たしかな足取りで部屋を後にした。

妃教育のメロディの授業も最後を迎え、アルベルトが花嫁を選ぶ日がやってきた。

「なんだか今日は一段と輝いて見えます」

ロザンナの髪に蝶の髪飾りを差し込んで支度を完了させると、トゥーリはうっとりと微笑む。ロザンナは言葉を返せないまま、ぎこちなく笑い返した。

これまで同様「アルベルト様が選ぶのはマリンさんです」と告げて期待を持たせないようにすべきなのに、当日を迎えてしまった憂鬱さからなかなかそんな気になれなかった。

「もうそろそろお時間ですね」とトゥーリの嬉しそうな声に続けて、控えめに扉が叩かれた。訪ねてきた人物にロザンナは目を大きくさせる。

「メロディ先生から来てくださるなんて！　最後に一年間のお礼をしに行こうと思っていたところでした」

「そうでしたか。でも、お礼だなんて」

そう言ってゆるりと首を横に振ったメロディが憔悴しているように見えて、ロザンナは慌ててそばまで歩み寄る。

「どうかなさいましたか？」

「……ええ。私も最後にお話がしたくて」

ロザンナの心配そうな眼差しを受けて、メロディがちらりとトゥーリに視線を向けた。

すぐさまトゥーリは察して、「私は外におりますね」と部屋を出て行った。

「ごめんなさいね。パーティーまで時間があまりないのに」

「平気です。準備はできていますから」

そこでわずかに見つめ合う。ロザンナは口を閉じ、メロディは息を吸い込んだ。

「自分の無力さにこれほど打ちのめされたことはないわ。ごめんなさい」

突然メロディに頭を下げられ、ロザンナは慌てふためく。

「やめてください」と腕に触れたロザンナの手をメロディは両手でしっかりと包み込んだ。

「試験が終わった時点では、間違いなくあなたが一番だった。成績も人格も、すべての面においてアルベルト様の花嫁となるに相応しいと、妃教育における講師陣の意見は一致していた」

それならなぜと、ロザンナは顔を強張らせる。メロディはその思いを受け止め、真剣に向き合う。

「胸を張って皆であなたを推すはずだったのに、……国王様方の御前で意見を述べた際、私以外の講師たちが意見を翻したの。私の声はあまりにも小さくて、マリン・アーヴィングを推すことが講師陣の総意とされてしまった」

「……マリン・アーヴィング」

その名を繰り返すと、マリン本人だけでなく彼女の父であるアーヴィング伯爵の顔まで思い浮かぶ。

意見を翻した原因にアーヴィング伯爵が関わっていたとしたら。すべて終わったと足元から崩れ落ちそうになるのを必死に耐えて、ロザンナは雑念を追い払うように軽く首を横に振った。

「実際、マリンさんは優秀でしたもの。妻として立派にアルベルト様を支えていくと思います」

メロディは耐えきれなくなったように視線を落とし、ロザンナの手をぎゅっと握り締めた。そしてハッキリと考えを告げる。

「私は今でも、あなたであるべきだったと思っています」

ロザンナが「メロディ先生」と切なく呟いたとき、先ほどと同じように戸が叩かれた。トゥーリが申し訳なさそうに室内へ入ってくる。

「お時間のようです」

開けられた扉の向こうから賑やかな声が聞こえ、花嫁候補たちが大広間へ移動し始めていることに気づかされる。

メロディはそっとロザンナの手を離し、あらためて頭を下げた。そして消え入りそうな声で「失礼します」と囁いて、部屋を出ていった。

姿は見えなくなっても、トゥーリは閉まった扉を心配そうに見つめている。そんな彼女が紫色の布で覆われたなにかを持っていて、ロザンナは眉根を寄せた。

「それはなに？」

ぽつりと問われてトゥーリはハッとし、視線をロザンナへ戻した。

「ドアのそばに置いてありました」

視線を通わせてから手を伸ばし、ロザンナは紫色の布を引っ張った。

現れたものを見て、息をのむ。トゥーリが持っていたのはディックの鉢植え。

しかも、鉢はアルベルトの執務室に置かれていたものと同じで、花弁は炎のごとく赤々と揺らめいていた。

送り主はアルベルト以外考えられない。

どんな意図があって贈られたのかはわからないが、震える手で花に触れるとアルベルトの温もりを感じたような気がして、ロザンナは泣きそうになるのを必死に堪えた。

部屋にやってきたルイーズと共に、ロザンナは大広間へ向かう。

途中でリオネルとゴルドンのふたりに声をかけられ立ち話をしていると、到着を待っていたらしい花嫁候補が痺れを切らした様子で押し寄せてきた。

そのままロザンナは腕を掴まれて大広間まで連行される。

すでに大広間には花嫁候補や一般の学生たちが多く集まっていた。ロザンナにとっては何度も目にした光景である。

大広間奥の壇上には学長とアルベルト、そして選ばれし花嫁のための席が設けられていて、騎士団員が所々に立ち、入口からそこまで問題なく進んでいけるよう道が作られている。

花嫁候補たちは道の両側に立つように言われているため、なんとなく部屋の中央辺りを位置取ると、壇上近くにはマリンの姿を見つけ、前回と同じだとロザンナは苦笑いする。

しかし、気持ちは同じではない。ロザンナは短く息をついてから背筋を伸ばす。選ばれなくても胸を張っていたいのだ。

すると、隣に立ったルイーズがそっとロザンナの背中に手を置いた。

「なんか今日のロザンナはいつもにも増して輝いてるわね」

「選ばれなくても、この一年は無駄じゃなかった。育んだ絆は消えない。アルベルト様のことだけじゃないわ。ルイーズだってそう。私たちの友情はまだ始まったばかり」

「ロザンナと友達になれて、誇りに思ってる」

力強く言い切ったロザンナにルイーズは横から抱きついて、微笑みをたたえながら思いを告げる。

それを見たロザンナ側に残っていた取り巻きの十人が、ずるいといった様子でいっせいにロザンナに抱きつこうとし、もみくちゃになりながらも笑い声が生まれた。楽しそうなロザンナたちに人々の視線が集まる。見る者たちの心を和ませ、そこでもまた自然と笑顔が広がっていく。

緊張感の薄いロザンナたちに不満の眼差しを向けるのは、マリンとその取り巻きたちだ。

「ずいぶん余裕がおありなのね」などと嫌味の言葉が飛び交っているため、彼女たちの近くにいる学生たちは鬱陶しそうな顔をしている。

「選ばれるのはマリンさんと決まっているのに、哀れですわ」と隣に立つ友人から話しかけられ、マリンはロザンナを見つめたまま、「そうね」と鼻で笑う。

「アルベルト王子がいらっしゃいました」

それぞれの思いに終止符を打つかのように学長の声が響く。音楽が奏でられ、彼の入場の知らせにロザンナの鼓動が高鳴りだす。

ゆっくりと押し開けられた扉からたまらず目を逸らすと、再びルイーズの手がロザンナの背中に優しく触れた。

「気持ちをしっかりね」

言いながらポンポンと軽く叩かれ、ロザンナはルイーズに笑いかける。

「ありがとう」

やがてアルベルトが姿を現し、広間の至るところから女性の黄色い声があがる。

戸口で一度足を止め短く息をついてから、彼は前へ進む。表情はひどく険しく、ロザンナの胸まで苦しくさせた。

眼前を通りゆく彼へ礼を尽くすように、心を込めてロザンナは頭を下げた。

明るい旋律に虚しさを覚えたとき、ロザンナの伏した視界の中にアルベルトの靴が映り込む。前回同様彼は目の前で動きを止め、爪先がロザンナへと向けられた。

ロザンナはゆっくりと顔を上げて、アルベルトを見つめ返す。

前回はわからなかった彼の葛藤が伝わってきて、……ロザンナは小さく笑いかける。

「私は大丈夫です」と伝えるように。

「ロザンナ」

焦がれるようにその名を口にすると同時に、アルベルトがロザンナをきつく抱きしめた。

それを見て、ロザンナの取り巻きたちが「きゃっ」といっせいに黄色い声をあげる。

「ア、ア、アルベルト様⁉」

抱きしめられた瞬間、頭の中が真っ白になった。緊張で身動きすらできないロザンナとあらためて目を合わせ、アルベルトは力強く言葉を紡ぐ。

「これ以上は耐えられない。お前以外を選ぶなんて無理だ」

そう言って、彼はロザンナの前に跪《ひざまず》いた。自分に向かってそっと差し出された手を、ロザンナは唖然と見つめる。

「ロザンナ、俺と結婚してくれ」

言葉は形式張ったものではないが、間違いなく求婚されている。

嬉しさよりも、過去と未来を無理やりねじ曲げてきたアルベルトの手をこのまま取ってしまって本当にいいのだろうかと、ロザンナの中で不安が膨らむ。

「お待ちください！」

そんな中、マリンが苛立った声を大きく響かせる。

アルベルトのために開けられていた道へと彼女は飛び出して、止めようとする騎士団員をがむしゃらに振り払いながらふたりに向かってずんずん進んでくる。

アルベルトはその様子をちらりと横目で見るも、差し出した手を引っ込める様子はない。

ロザンナは彼の手と迫りくるマリンを交互に見つめたのち、覚悟を決めてアルベルトの手に自分の手を重ね置いた。

「喜んでお受けします」

ロザンナが発したひとことでアルベルトは安堵の笑みを浮かべ、一気に場が沸き上がる。

しかし、飛び交う声はふたりを祝福するものだけじゃない。

マリン本人とマリン側から非難の声が上がり、それにロザンナ派が噛みつくように反論すると同調の声が大きく膨らむ。

ロザンナの手を掴んだままアルベルトが立ち上がると、駆け寄ってきたマリンがアルベルトの腕を掴んだ。

「アルベルト様！　なにかの間違いですよね？　妃に一番相応しいのは私だと、講師たちからもお墨付きをもらっています」

アルベルトに必死に訴えかけてから、続けてロザンナを睨みつける。

「図々しいわよ！　そこは私の場所。いつまでアルベルト様の隣にいるつもり？」

たしかに、アルベルトの隣に立って幸せいっぱいに笑うのはマリンのはずだった。

怒りに震えた声にロザンナが身体を竦ませると、アルベルトがマリンに向かって不機嫌を隠さずに話しかけた。

「図々しいのはどっちだ。花嫁が決まった今、いつまで気安く俺に触れている。不敬極まりない」

マリンは息をのみ、アルベルトから手を離してふらりと後ずさる。しかし、その顔は納得などできないかのように歪んだままだ。

ロザンナはつないだ彼の手へと視線を落とす。見つめ続けていると、きゅっと彼から軽く握り返され、勢いよく視線を上げた。

すぐに目が合い微笑みかけられ、アルベルトの手をとったのは自分なのだと強く実感する。

生きているのは今この瞬間。過去じゃない。

ロザンナは息を吸い込み、マリンへ顔を向ける。

「アルベルト様は私をお選びになった。この事実をどうか理解し、受け入れてください」

粛々と告げて最後に深く頭を下げたロザンナの姿に、マリンは唇を噛む。

これ以上事を荒立てたくない。このまま引き下がってほしい。そう願ったが、マリンの怒りはやはりおさまらない。

彼女はくるりと身を翻し、その場にいる人々へと大声で話しかける。

「私は彼女より優秀よ！　講師たちだってそれを認めている。でも彼女は違う！　これまでずっと、私との差を父親の力で埋めてきた。そうやって自分の思い通りに事を進めてきたのです。女神だなんて笑っちゃうわ！」

マリンの取り巻きたちが彼女に同調し、ざわめきだす。

「信じられない」と誰かが声をあげたことで、学生たちの間に一気に動揺が広がっていく。

学長が「静かに」と呼びかけても、まったく効果はない。

すると、ルイーズがマリンの前へと飛び出し、怒りをぶつける。

「なにを根拠にそんなことを言っているの！　ロザンナは自分の力で頑張っていたわ！　毎日のように出されていたメロディ先生からの課題も手を抜かなかったし、テスト前なんて寝不足でフラフラだったわよ！」

学長の声では駄目だったのに、ルイーズの叫びでざわめきが一気に静まっていく。

そんな中、女子生徒がまたひとり声をあげる。

「ロザンナさんは本当に素敵な女性です！　皆、負傷者を前に足が竦んで動けなかったのに、進んで治療にあたった姿は女神そのものでした！　騎士団員の方々ならよくわかっていると思います」

緊張しながらの発言は聖魔法のクラスで友人となったピアだった。

そして室内で警備として立っている騎士団員たちも次々と首を縦に振る。幸いにも皆、第二騎士団員だ。

再びざわめきが起きた。周囲から嫌悪感の含んだ視線を向けられ、完全に自分が不利な状況であるのをマリンは感じ取る。

けれど怯んだのは一瞬だけ、収めきれない怒りに任せて、マリンはロザンナに掴みかかろうとする。

反射的に身体を硬くしたロザンナの前へとアルベルトは進み出て、マリンの手を掴み取る。捻り上げたあと、床へと突き飛ばした。

「連れていけ」とのアルベルトの命に従い、すぐそばに立っていた騎士団員がマリンの腕を掴んでやや強引に立ち上がらせる。

「触らないでください！」と騎士団員を睨みつけたり、「私を選ばなかったことを絶対に後悔しますわよ」とアルベルトに怒りをぶつけたりしながら、マリンは騎士団員に引きずられる恰好で大広間を出ていく。

「見苦しいな」

アルベルトのぼやきを聞いて、ロザンナは複雑な気持ちになる。

たしかに、髪を振り乱して食い下がるマリンの姿は見ていられなかった。彼女の取り巻きたちも、最後は困惑顔だった。

大広間を出る直前に自分に向けられたマリンの怒りに満ちた眼差しを思い出してロザンナが身を震わせたとき、学長が「静粛に」と手を叩いて学生たちの注意を引いた。

「少しごたついてしまったが、今日がめでたい日に変わりはない！　皆さん、アルベルト王子とロザンナさんに盛大な拍手を！」

わっと湧き上がった拍手に包まれ、ロザンナは戸惑うようにアルベルトを見上げた。アルベルトはロザンナの腰へと手を回し、温かな拍手に対して「ありがとう」と微笑み返す。

ロザンナもそれに倣おうとするが、照れが邪魔してうまくいかず、はにかむだけに終わった。

止まらない拍手に煽られるように演奏にも熱が入り、やがてアルベルトにエスコートされ、ロザンナは踊りだす。

「私を選んでくださって、ありがとうございます。夢のようです」

本当はマリンを選ばなくてはいけなかったのではと想像し、それでも選んでくれた彼の気持ちが嬉しくてたまらない。

本当に夢のようだ。いつか覚めてしまうのではと考え、ロザンナはハッとする。

ここで、めでたしめでたしとはいかない。アルベルトが花嫁を選んだあと、生きるか死ぬかのさらなる山場がロザンナには訪れるのだ。

両親も生きていて、アルベルトの花嫁に選ばれ、聖魔法師への夢も持っている。まだ最期を迎えたくない。

急に怖くなって、ロザンナはアルベルトに触れている手に力を込めた。あわせて、なにか危険なものはないかと落ち着きなく周囲を見回す。

アルベルトは足を止めて、ロザンナを力強く抱きしめた。

「俺のほうこそ夢のようだ。この瞬間をどれほど願っていたことか。最近、執務室に顔を出せなくてすまなかった。この前城で捕まえた男とアカデミーのとある講師陣がなかなか口を割らなくて」

城で捕まえたというのはロザンナを襲ったあの男で、とある講師陣はもしかしたら妃教育に関わるメロディ以外の教師たちのことかもしれない。

しばらく彼が自分の目の前に現れなかった理由に、見限られたわけでなくてよかったと今さらながらホッとした。

「まだすっきり解決していないのが心苦しいが、もうロザンナを離せない。なにがあっても揺るがず、俺のそばにいてくれ」

アルベルトの真剣な声が熱を伴って心に広がり、ロザンナはしっかりとアルベルトを抱きしめ返した。

「あなたを慕う気持ちは決して揺らぎません。これからもあなたを想い続けます。ずっとおそばにいさせてください」

ロザンナから想いの言葉を受け取り、アルベルトは嬉しそうに微笑んだあと、顔を近づける。身構える間もなくアルベルトにキスされて、ロザンナは唖然とし、周囲からひときわ大きな歓声が沸き起こった。

学長をはじめ学園の講師陣、花嫁候補やクラスが一緒だった生徒たちから祝福の言葉をもらう中、国王夫妻にスコットまでも大広間に姿を現す。

メロディとスコットは涙ながらに祝ってくれて、ロザンナまで胸が熱くなった。

それから再びダンスの時間となる。

幸せいっぱいでアルベルトと踊りながら、ロザンナはルイーズの姿を目にし、思わず苦笑いをする。

彼女のそばに男性が列をなし、九回目の自分と同じ状態に陥っていたからだ。

踊り終えて、ロザンナはアルベルトと共に壇上に用意された椅子に腰をかけた。

壇上には大きな花瓶があり、ぶつかったら痛そうだから近づかないようにしようとロザンナは心に決める。

次いで、先ほど自分たちが踊っていたあたりの頭上で輝く大きなシャンデリアに目を止めて、あれが落ちてきたら大怪我では済まないだろうから退場時に気をつけなくてはと警戒心を抱く。

室内の様子に目を光らせていると、アルベルトのそばへ静かに歩み寄ってきた騎士団員に気がつく。

背後から彼の耳元へなにか話しかける様子をちらちらと横目で見ながら、きらりと光を反射した飾りにロザンナはわずかに目を細める。

鞘から下がっているクリスタルチャームは紫色だった。すぐに騎士団員はアルベルトのそばをすっと離れ、音もなく姿を消す。

「クリスタルチャームが紫色でしたね」

「紫色を持っているのは、俺が信頼を置いている仲間だ。無愛想な奴らばかりだが怖がる必要はない」

「わかりました。……それより、なにかいい報告でも？」

「あぁ。ここからが本番だ。気を引き締めてかからねば」

嬉しげに微笑む口元から飛び出したアルベルトのひとことを、自分自身にも置き換えて、ロザンナは気持ちを改めた。

男子学生が大騒ぎしたり、魔法院のお偉いさんたちが挨拶しにきたりと心は落ち着かないが、アルベルトがそばにいる心強さからとくに不安になることもなく、あっという間に時間は過ぎていく。

「そろそろ私たちは退場する時間では？」

国王夫妻とスコットは途中で退席したが、学長に講師、学生たちはまだ大広間にいる。彼らはアルベルトとロザンナを見送らないと、次の行動に移れない。

「そうだな。ロザンナもなにも食べていないからお腹が空いただろう？」

喉に詰まらせて死にたくないからなにも口にしなかったとはさすがに言えず、ロザンナは苦笑いを浮かべる。

「寮の部屋まで送っていこう」

「ありがとうございます！」

ひとりで部屋まで戻るのを不安に感じていたため、ロザンナはアルベルトの申し出をありがたく受けた。

たとえなにか起きても、彼が一緒なら手遅れになる前になんとかしてくれるだろう。

「来年からは、行き帰りずっと一緒だ。ロザンナも城に住んでもらうことになる」

「ほ、本当ですか？」

来年も寮で生活するとばかり思っていたため驚いてしまったが、記憶の中のマリンは卒業後に婚約者として城に入っていた。

学生を続けても、そこは変わらないのだろう。

そうなると、途端に気恥ずかしさがこみ上げてくる。今よりも断然アルベルトと過ごす時間が多くなるのだ。

頬を赤らめたまま、アルベルトと共に学長と学生たちへ挨拶をし、最後に卒業パーティーを取りまとめた主幹教員と言葉を交わしたのち、温かな拍手に包まれながらふたり揃って廊下に出た。

「飾ってあった花をロザンナの部屋にも運ぶよう言っておいた」

「わかりました。楽しみにしています」

ロザンナはアルベルトと言葉を交わしながら、廊下に視線を走らせる。

人の姿はないものの、階段に近づくにつれて九回目の光景が目に浮かび、だんだんと足が重くなっていった。

ぴたりと立ち止まったロザンナへ、アルベルトが不思議そうに振り返る。

「ロザンナ、どうした？」

「いえ。あの……その……、マリンさんは今どこにいらっしゃるのかと思いまして」

あの階段に差しかかった瞬間、再び彼女が自分の目の前に現れるような気がして怖いのだ。

「彼女は寮の自室へ連れていかれて、そのまま荷物をまとめてアカデミーを出ていったはずだ」

「それでは、ここにはもういらっしゃらないのですね」

前回と同じ道を辿ることはなさそうだと安堵したのも束の間、階段を上ってくる靴音を耳が拾い、嫌な緊張感が湧き上がる。

しかも、目の前に現れたのはアーヴィング伯爵で、ロザンナは表情を強張らせた。

すぐにアルベルトも気づき、警戒の面持ちで迎える。

「どうやら間に合ったようだ。遅くなりましたが、私もお祝いの言葉を述べさせていただきたく参上しました」

「俺もあなたと話さなくてはと思っていたところです」

「ほう。それはもちろん、……私と娘を蔑《ないがし》ろにしたことへの謝罪ですよね。いったいどういうことでしょうか。選ばれるのは私の娘と決まっていたはずでは？」

アーヴィング伯爵の半笑いでの口上に、アルベルトは冷笑する。

「すまないが、あなたの娘は好きになれない」

「つれないお方だ。娘があんなにあなたを好いていて、私もあなたの舅《しゅうと》となれるのを楽しみにしていたというのに。王位を継がれた暁には、培ってきた我が人脈が大きな力となったでしょうに。もったいない」

そこで伯爵は「ああでも」と顎に手を当て、考えるような仕草を挟んだ。

「まぁ別の方法もありますな。私を宰相に推してください。ハッキリ言わせてもらうが、今の宰相は無能すぎる。国をよくしたいと望むなら、私に変えるべきだ」

「なんてことを！　訂正しなさい！」

父を侮辱されロザンナが声を荒げるも、アーヴィング伯爵は鬱陶しそうに顔をしかめるだけ。

その態度に頭にきて掴みかかろうとしたロザンナをアルベルトが制する。

「短気ですな。それでは王妃は務まりますまい。結局、父親だけでなく娘も上に立つ器ではなかった。アルベルト様は先の選択の誤りを認め、正してあげるべきです。身の丈に合わない場所にしがみついていたら、遅かれ早かれエストリーナ家は破滅しますよ」

腹立たしくてたまらない。

ロザンナは自分を掴んでいるアルベルトの手を振り払おうとしたが、彼の表情が怒気をはらんでいるのに気づいて動きを止める。

「ロザンナ、悪いがひとりで部屋まで戻ってくれるか？」

「……わかりました」

今まで聞いたことがないくらい冷たい声音にわずかに身を震わせ、ロザンナはアルベルトの求めを了承する。

そのままアーヴィング伯爵に睨みつけられながら、階段に向かってゆっくり歩きだした。

「野心でぎらつくお前が俺の義理の父になるなんて、吐き気がする。身の丈にあった場所へと言うのなら、今すぐお前を牢屋の中へ叩き込んでやる」

「牢？　私に無実の罪でもきせるおつもりですか」

「アカデミーの講師が、マリン・アーヴィングを最優秀候補者に推すようにと、あなたから金銭を受け取ったと白状した」

階段の手前でロザンナは足を止め、思わず振り返る。真っ先に思い浮かんだのは、数時間前、自分へと懺悔したメロディの姿だった。

裏で手を回していたことに、握りしめた拳が憤りで震えた。

「アルベルト王子も私の娘に好意を抱いていると思ったからです。何度も我が邸へ、娘に会いに来られていたじゃないですか」

「あなたを刺激すると、ロザンナやエストリーナ夫妻が危険にさらされるとわかっていたからです。二年前に企てた罪を忘れたとは言わせない」

ドクッと、ロザンナの鼓動が重々しく響いた。二年前でと言われ思い浮かぶのは、両親が襲われた事件だ。

「はて。なんのことでしょう」

「先日捕らえたお前の手下が、やっと白状したよ。エストリーナ夫妻を襲ったのは自分だと。そしてそれを指示したのはアーヴィング伯爵、あなただと」

やはりアーヴィング伯爵が関わっていた。絶対に許せない。

怒りで我を忘れそうになった瞬間、伯爵が上着の内側から短剣を取り出すのを目にし、一気に心が恐怖で埋め尽くされていく。

九回目は娘、十回目ではその父親。手にしているその剣がこの人生での死因につながっていたとしてもおかしくない。

「アルベルト様！」

ロザンナはありったけの声で彼の名を叫んだ。

自分が傷つき倒れるならまだしも、彼を巻き込むわけにはいかない。

そう考えて走りだそうとしたが、大広間入口に立っていた騎士団員ふたりが騒ぎに気付いて駆けつけるよりも先に、アルベルトはアーヴィング伯爵の攻撃を難なく避けて、逆にその手から短剣を叩き落とした。

見事な動きで伯爵を取り押さえ、騎士団員に「連れていけ」とひとこと命ずる。

そして、騎士団員に捕らえられても暴れ続ける伯爵にため息を投げかけてから、立ち尽くしていたロザンナへと顔を向け、顔を青くさせた。

「ロザンナ！」

アルベルトが叫んだ理由を理解するよりも先に、ロザンナは横から乱暴に腕を掴み取られる。

いつの間にかそばに騎士団員の男が立っていた。

しかし格好こそ騎士団員だが雰囲気も力も荒々しく、それはまるで城でロザンナを襲ったあの男のようだった。

「その女を殺《や》れ！」

伯爵は騎士団員に押さえられながら、驚きと恐怖で悲鳴さえ出ないロザンナを指差す。

このまま十回目の人生が、終わってしまう。……終わらせたくない！

ロザンナはがむしゃらに男の手を払い退けた。しかし次の瞬間、足が段差をずるりと滑り落ち、息をのむ。

足元は大階段。そのままぐらり傾いた身体が、空中へ放り出された。覚えのある感覚に、ロザンナの目に涙が浮かんだ。終わった、と。

最期にもう一度だけ、アルベルト様の顔が見たい。

そう願った瞬間、ロザンナの身体は温もりに包み込まれた。力強い両手でたくましい胸元へしっかりと引き寄せられ、きつく抱きしめられた状態で階段を転げ落ちていく。

階段下の胸像の台にぶつかり、鈍い音が続き、わずかな呻き声が発せられた。

「アルベルト様！」

アルベルトの身体の下から上半身だけ這い出して、ロザンナは泣き叫ぶように呼びかける。

「しっかりして！　お願い死なないで。私を置いていかないで！」

こんな終わり方は絶対にだめだ。ロザンナは涙をぬぐって、うつ伏せのまま動かないアルベルトへ手を伸ばす。

頭部に出血はない。強打したのは背中だろうか。

アルベルトの上着へと手をかけると同時にゆっくりと右腕が動き、ロザンナは目を見張る。そのままアルベルトは右手を床につき、機敏に身体を起こして階段の上へと鋭く目を向けた。

「寮の周りをうろついて、ロザンナがひとりになるのを狙っていた男はあいつだな。絶対に許さない」

ロザンナを突き落とした男は、すでに階段の上で騎士団員によって取り押さえられている。

あのとき聞いた不審者が狙っていたのが自分だと知り、まったく気づかなかったロザンナは唖然とするも、アルベルトの小さな呻き声にハッとする。

「大丈夫ですか?」

「転げ落ちたから腕は少し痛いが、平気だ。これくらいじゃ死なない」

互いにぺたりと座り込んで向き合う。たしかに腕は痛そうにしているが、ほかはなんともないようにロザンナの目には映った。

「で、でも頭が。落ちてきましたよね。ぶつかったらとても……えっ」

近くに落ちているだろう初代学長の頭部を探すも見当たらない。数秒後、台座の向こう側に転がっている頭部と目が合い、ロザンナは脱力する。

どうやら頭部はアルベルトには直撃せず、反対側へと転げ落ちたらしい。

「よかった」

もう大丈夫。目の前に迫っていた死を回避できた。アルベルトも無事だ。

安堵から涙を零したロザンナにアルベルトは慌てふためく。ロザンナは人目も憚らずに彼へ抱きついて、声をあげて泣き続けた。


金銭と引き換えにマリンを推したアカデミーの教師は職を追われた。

二年前にはエストリーナ夫妻、そして城の裏庭でロザンナを襲った男に、アカデミーの階段でロザンナを突き飛ばした男。

そのふたりを裏で動かしていたアーヴィング伯爵。

すべてがアルベルトの宣言通り、牢に入れられた。

ふたりの男は罪を認めたが、王子の命を狙い重罪とみなされたアーヴィング伯爵はいつまでもその横柄な態度を崩さなかった。

そのため、カークランド国内で一番厳しい環境とされるタシュド牢獄へと三人まとめて送られることが決まった。

移動のために檻車《かんしゃ》に乗せられたときだった。

罪を認めたらタシュドに行かずに済んだのにとアーヴィング伯爵を責めていた手下の男がこれまでの不満を爆発させ、警護に当たっていた騎士団員から奪い取った剣でアーヴィング伯爵を貫いたのだ。

牢にいる間も息を引き取ったあとも、アーヴィング伯爵の元へ家族が訪ねてくることはなかった。

マリンと母は、父が捕まったその翌日からどこかに姿を消してしまったからだ。

暗い空気が立ち込めていても日は昇り、人々の日々は続いていく。

二週間ほどの休暇を経て、マリノヴィエアカデミーは新学期を迎えた。

休暇中から寮の部屋が一緒になったルイーズとピアはすぐに仲よくなり、毎晩夜更かししてはロザンナの話で盛り上がっている。

一方、リオネルはぎりぎりの成績での進級となったため、休み中も補習三昧だった。

ゴルドンはアカデミーの講師だけでなく、魔法院の聖魔法師としても再び活動し始め、メロディは王太子妃の教育係として城に入ることとなった。

そう、ロザンナの日々も目まぐるしく続いている。

トゥーリに髪の毛を整えてもらい、鏡台の前から立ち上がったロザンナはテーブルの上に置いてあった教本を胸元に抱えて、そわそわと室内を動き回る。

「ロザンナ様、落ち着いてください」

「楽しみすぎて、じっとしていられないわ。今日から聖魔法の授業が始まるのよ。それでね、お昼はルイーズたちと学食の予定なの！」

「あぁそうか。ロザンナは食堂で食べるのは初めてだったな」

喜びに満ちあふれたロザンナの声に、アルベルトの呟きが続く。

扉へ振り返ると、戸口にアルベルトが立っていた。トゥーリは丁寧に腰を折り、ロザンナはアルベルトに「そうなんです！」と駆け寄っていく。

ロザンナの様子にふっと笑みを浮かべて、アルベルトは提案する。

「支度はできているようだな。少し早いがアカデミーに行くか」

「はい！」

ロザンナは掴み取ったバッグの中へ持っていた教本を入れてから、トゥーリに「行ってまいります」とお辞儀をし、アルベルトと共に部屋を出た。

アルベルトの部屋の隣が、今のロザンナの自室となっている。

そわそわしていたためか、階段を下りようとした瞬間、ずずっと足を滑らせ踏み外しそうになる。

しかし、ひやりとしたのはほんの一瞬、すぐさまアルベルトに腕を捕まれ、ロザンナは引き寄せられた。

「気をつけて」

「ありがとうございます」

顔を見合わせて微笑んでから、ふたりはゆっくりと階段を下りていく。

城の外へ出た途端、馬車の車輪の点検をしていた御者がアルベルトとロザンナに気づいて慌てだす。

「もう行かれますか？　実はまだ警護の騎士団員が到着していなくて」

アルベルトは顎に手を当て考え込んだあと、ロザンナを見た。

「アカデミーまでそんなに遠くない。時間もあるし歩いていくか」

賛成だと頷き返すとアルベルトから手を差し出され、ロザンナは胸の高鳴りと共にその手をとった。

「本当によろしいのですか？」と慌てる御者に「問題ない」と返事をし、ふたりは歩きだす。

　幸せを噛み締めるたび、ロザンナは思う。

　あの日、アルベルトに庇われていなかったら、十回目の人生はとっくに幕を閉じていたかもしれないと。

　だからこそ今この瞬間が限りなく愛しくて、少しも無駄にできない。

　城の門を出ると、次々と町の人々からお辞儀をされる。アルベルトは笑顔で手を振り返し、ロザンナはぎこちなく頭を下げ返し続けた。

　のんびりと歩を進めていくと、やがてアカデミーの校舎が見えてくる。

「私の人生に、これほどの幸せがあったなんて」

　しみじみと思いを口にしたロザンナに対して、アルベルトは小さく笑う。

「もう俺たちふたりの人生だ」

　ロザンナは息をのむ。胸を熱くさせながら、笑みを浮かべた。

「ええそうですね！　アルベルト様とこれからもずっと一緒です」

「支え合いながら生きていこう」

　しっかりと手をつないで仲睦まじく歩いていくふたりの姿を目にした人々にも、笑顔が広がる。

まだ若いふたりが、才にあふれ国に繁栄をもたらした名王と人々の傷を癒す女神の如き王妃として尊敬され慕われるのは、もう少し先の話。

END

特別書き下ろし番外編

結婚式のその前に

二学年に進級して、半年が経過した。

聖魔法の授業を終えて教室を出て、ルイーズやエレナが待つ食堂へ向かう途中で、横を歩いていたピアが興奮気味にロザンナへと話しかける。

「ロザンナさんは本当にすごいです。光の高濃度結晶をあんなに簡単に生み出せてしまうなんて」

「偶然よ。二回目は失敗したもの」

「偶然だろうと、成功したのはロザンナさんだけですよ！　先生だって完璧な形にするまで二年かかったっておっしゃっていたわ。やっぱりロザンナさんは別格ね」

熱く考えを述べるピアに対して、ロザンナは苦笑いを浮かべる。

ロザンナ自身も一回で成功するとは思っていなく、だめで元々的な軽い気持ちでやってみたら、できてしまったのだ。

そして実は、二回目の失敗はわざとだった。

学生たちに「俺ですら二年かかったんだ。お前ら程度の実力ではできるはずもないだろうが、やってみろ」と上から目線で言い放った若い講師が、ロザンナの文句なしの成功に唇を震わせているのに気づいてしまったからだ。

そんな感じで、講師によっては物足りなく感じることもあるが、聖属性クラスの授業は一年時とは比べものにならないほど専門的で難しく、実技もより高度なものを求められるようになった。

その分やりがいも大きいため、ロザンナは毎日が楽しくて仕方がない。

「お昼ご飯をしっかり食べて、午後に備えましょう！　今日の実習は魔法院ですものね。私も魔法院へは二年になってから初めての参加だし、緊張しちゃいます」

ピアの嬉しそうな笑顔につられて微笑むと同時に、同じクラスの女子生徒ふたりがロザンナたちを追い抜き、じろりと物言いたげな視線を向けてきた。

ロザンナがアルベルトの婚約者になっても、陰口や非友好的な態度は相変わらず続いている。

「八つ当たりもいいところですよね。ロザンナさんがわざと仕向けたわけじゃないのに」

足を止めて、眉間にシワを寄せながらピアが呟き、ロザンナは小さくため息をつく。

聖魔法師を目指す聖属性クラスの生徒たちは二年生から実習回数が大幅に増え、魔法院をはじめ、指定された町の医院や診療所の中から毎回実習先を選ぶことになっている。

希望先として一番人気は魔法院で、しかし受け入れる人数は決まっているため、抽選から外れる生徒も出てくるほど。

魔法院人気は例年通りだが、今年はちょっとした例外も起きていて、突出した人気の診療所があるのだ。そこはかつてのゴルドンの診療所で、ロザンナが毎回そこを選ぶため、共に実習を受けたいという男子生徒の不純めいた理由からだった。ロザンナは婚約しても男子人気が高く、度々アルベルトを悩ませている。

当の診療所は、ほぼお年寄りの溜まり場となっていて、あまり実践向きではない。けれど、世間話をして笑い声まで飛び交うのんびりとした雰囲気がロザンナには好ましく、ピアも毎回一緒なため、余計に居心地よく感じていた。

しかし、そんな状況に魔法院が黙っていなかった。「ぜひうちにもロザンナ・エストリーナ嬢に実習に来てほしい」と打診してきたのだ。

そのため、今回の実習でロザンナが魔法院に割り当てられるのは最初から確定事項となり人気がさらに集中、結果、先ほどの女子生徒ふたりが共にあぶれてしまい逆恨みされているのだ。

アルベルトの婚約者となったのに、どうして今もアカデミーにいるのか。しかも男子をたぶらかしてもいる。なによりロザンナのせいで本来学ぶべき私たちが魔法院の実習に参加できないのはおかしい。授業を終え教室を出る際に彼女たちから漏れ聞こえたのは、そんな内容だった。

アルベルトと婚約したのだから、聖魔法師になるつもりはもうないのだろうという考えなのだ。

それは彼女たちだけでなく、妃としての心得を説いてくるメロディや、宰相の父・スコットからも、ロザンナが突き進むべきは聖魔法師ではなく、アルベルトの妻、そしてよき王妃となる道だと口煩く言われたばかり。

そして、国王夫妻、ゴルドン以外の聖属性クラスの講師たちさえも、同様の認識だ。

もちろん、アルベルトと婚姻を結ぶとはそういうことなのだと、ロザンナ自身もちゃんとわかっている。

恋い慕っているアルベルトと添い遂げたい気持ちは嘘じゃないし、彼に相応しい妃になりたいとも常々思っている……けれど、だからといって夢を諦めるのは難しい。

聖魔法師になりたい。魔法院で働くのではなく、できたら民の力となり、拠りどころともなれるような診療所で活動してみたい。

そんなふうに夢がより具体的になり始めた一方で、周囲からの認識により理想を追い続けることに遠慮がちにならざるを得なく、そんな中、魔法院から呼び出しをくらったのもロザンナにとっては悩みどころだった。

なぜか魔法院は、「ロザンナ嬢は国の宝である」と譲らず、聖魔法師になることを熱望しているため、板挟みにあっているかのような気持ちにさせられる。

それだけじゃない。今朝、メロディから聞かされた話を思い出して、ロザンナが憂鬱なため息をついたとき、「あの」とクラスメイトの男子ふたりが話しかけてきた。

「ロザンナさん、午後の実習先は魔法院ですよね。誰とチームを組むか決めましたか？」

「ええ。ピアとふたりで」

ゴルドンから班行動となるのは聞いていた。四人が基本だが、最低ふたりでもいいと言われていたため、ピアと共に動くことに決めていたのだ。

「それなら僕たちと一緒に四人で……い、いえ、なんでもありません。失礼いたしました」

ロザンナの返答にぱっと表情を輝かせた男子生徒たちだったが、なぜかすぐに怯えたような顔をして、何度も頭を下げながら去っていく。

どうしたのだろうか。遠ざかっていく姿をぽかんと見つめていたロザンナの肩に、そっと手が乗せられた。

「午後から魔法院で実習か」

「アッ、アルベルト様！」

わずかに視線を移動すると、すぐそばにアルベルトの横顔。不機嫌な面持ちに、なぜクラスメイトが逃げ出したのか理解する。

「なぜ俺は火属性なんだ。光の魔法が使えたら、ロザンナと四六時中一緒にいて、近づく男を蹴散らせるのに。どうにかして属性を変えられないだろうか」

「無茶なことを」

呆れ顔のロザンナの隣からピアが「アルベルト様、こんにちは」と挨拶したが、「ロザンナを頼んだよ」と囁き返してきたアルベルトの美麗な微笑みに妙な圧力を感じたらしく、口角を引きつらせた。

アルベルトは小さく息をつき、困り顔でロザンナに話しかけた。

「聞いたよ、院長から来てほしいと頼み込まれたって。相当、ロザンナを気に入ってるようだな」

「きっ、気に入られるなんて、そんなことは！」

声を張り上げ、ロザンナはアルベルトの言葉を否定したが、すぐに冷静になり、思わず掴んでしまった彼の腕から手を離した。

今朝方、メロディから聞いたあの話が、ロザンナの胸を一気に苦しくさせる。

魔法院の院長が国王とアルベルトへ、ロザンナの才能の貴重さを切々と訴えかけ、そして提案したらしいのだ。『アルベルト様の第二妃候補の選考時期を早めることを視野に入れてみてはどうか』と。

それに対して国王は渋い顔をしたが、アルベルトは否定もせずに真顔で考え込んでいたらしい。

王族は妃を何人も娶れるため、いつかはそんな話も飛び出してくるだろうと覚悟はしていたが、それは夫婦となってから四、五年後くらいの話だと思っていた。

しかも求婚されてから半年しか経っていないというのに、アルベルトがほかの妃を得るのを拒否しなかったことに、ロザンナはショックを受けた。

なにを考えていたのか知りたい。けれど、登校時にはどうしても聞けず、彼を目の前にした今も同じ。自分との婚約をアルベルトに後悔されていたらどうしようと、怖くてたまらなくなるのだ。

彼からなにも言われないのをいいことに、ロザンナは当然のごとく二学年に進級し学生を続けている。

もし、聖魔法に夢中になるより、メロディの元で王族としての振る舞い方をもっとしっかり学んでほしいのにと、アルベルトに歯痒く思われていたら。

そう考えるたび思い出してしまうのは、これまで繰り返した人生の中で目にした理想の夫婦とされたアルベルトとマリンの姿だ。

「ロザンナ？」

急にアルベルトから顔を覗き込まれ、ロザンナはハッとする。

「なにか心配ごとがあるなら、一緒に魔法院へついていってもいい。遠慮はするな、むしろ大歓迎だ」

「いえ、平気です」

大真面目に言う様子が面白くて笑みを浮かべたロザンナを、アルベルトはそっと引き寄せる。

「今日の帰りは、魔法院での活躍話を聞かせてもらえそうだな。楽しみにしてる、頑張って」

ぎゅっと抱きしめられ最初こそ慌てたが、自分を包み込む優しい力加減や、アルベルトから伝わってくる温もり、紡がれる応援の言葉に、不安が和らいでいく。

ロザンナもアルベルトの背中に手を伸ばし、抱きしめ返した。

「アルベルト様、ありがとうございます」

聖魔法師にはなりたい。けれど夢を追いかけすぎたために、気がついたら自分以外の女性が正妃の顔でアルベルトに寄り添っていたなんて事態に陥りたくない。

なんて欲張りなのかしらとロザンナは小さく笑ってから、愛しさを伝えるようにアルベルトの胸へと頬をすり寄せた。

実習が終わり、学生たちがアカデミーに戻って二時間が経ったあとも、ロザンナはいまだ魔法院にいた。手狭な研究室のソファーにぼんやり座っていると、部屋の持ち主であるゴルドンが、焼き菓子の乗った皿と紅茶をテーブルに置く。

「もう少ししたら送りますから。疲れたでしょう、甘いものでも召し上がってください」

「ありがとうございます」

笑顔でお礼を言ってロザンナが焼き菓子に手を伸ばすと、ゴルドンは朗らかに目を細めて、自分の机へと戻っていった。

アカデミーの講師と魔法院の聖魔法師をかけ持っているゴルドンの忙しさを、机《き》上《じょう》に山のように積み重なっている書類が物語っていて、ロザンナは一気に心苦しくなる。

「お忙しいのに、面倒をかけてしまってすみません」

「いえ。なんせアルベルト王子からロザンナさんを頼むと言われていましたから、ロザンナさんが倒れる前に救い出せて内心ホッとしています」

アルベルトはゴルドンにも根回ししていたのかと苦笑いして、ロザンナは焼き菓子をひと口頬張った。その甘さに実習の疲れが和らいだ気がして、ほんの少し涙目になる。

今日は大変だった。実習生は班ごとに担当が割り当てられて、その担当者の診察室が本日の実習の場だった。

ロザンナとピアの担当者は二十代の男性聖魔法師で、質問するのも勇気がいるほど気難しかった。

そして、ゴルドンがよかったと心の中で二十回目のため息をついたとき、なんと診察室に魔法院の院長が入ってきたのだ。

すらりと背が高く、肩まで伸びた黒髪はきれいに毛先が揃っている。院長はにこやかに笑って、「よく来てくれた」とロザンナに握手まで求めてきた。

動揺しながらロザンナが握手に応じたあと、なぜかそのまま院長も一緒に見学を始めたため、担当者の額から尋常じゃない量の汗が流れ落ちていく。

彼は院長がやってきただけで緊張で手が震え、診察の様子をじっと見つめられる状況に徐々に耐えきれなくなり、薬品の入った瓶を作業台の上で倒したのを切っかけに混乱し始める。

そしてとうとう、担当者は三十代ぐらいの貴婦人の患者を残して診察室を飛び出してしまった。

まさかの展開にピアと一緒に呆然としていたロザンナだったが、すぐに院長に肩を叩かれた。

「患者さんが待っていますよ」とにこやかな要求を受け、「……本気ですか？」とロザンナは信じられない気持ちでいっぱいになる。

有無を言わさず、先ほどまで担当者が座っていた椅子に座らされ、患者と向き合うこととなる。ロザンナは患者の不安に満ちた顔を見て、すぐに気持ちを切り替えて、元担当者が書き残した診療録に目を落としたのだった。

そこからは必死だった。ピアに手伝ってもらいながら、次から次へとやってくる患者と向き合う。

貴婦人からあとの相手は騎士団員が主となる。幸いにもかすり傷から浅い切り傷、打撲など、比較的軽めの症状ばかりで、その程度の治癒行為はロザンナにとっては朝飯前だ。

とは言え、院長は相変わらずニコニコしながら見ているだけで動かない。なにより自分は学生の身であり、早く別の聖魔法師を呼んできてくれないかと不満を募らせるが、話す暇もないほど立て続けに患者が呼び込まれた。

実習の時間が終了するぎりぎりまで患者は途切れず、働かされたと言っても過言ではないだろう。

そこでピアは解放されたのだが、ロザンナはまだ終わりではなかった。

院長に捕まり、そして魔法院の重役らしきお偉いさんたちに取り囲まれ、アカデミー卒業後はぜひ魔法院へと熱烈な勧誘を受けた。それだけならまだよかったが、アルベルトとのことまで踏み込まれ、そこで一気に疲れてしまったのだ。

あまりのしつこさと熱意の圧に目眩まで感じ始めたとき、ゴルドンが割って入ってきてくれて、ロザンナはやっとそこから逃げ出すことができたのだった。

石ころくらいの大きさの焼き菓子を口の中に放り込み、紅茶をひと口飲んだあと、ソファーにごろんと横たわる。ぼんやりと天井を見ていると、先ほど言われた言葉が胸に迫ってきて、虚しくなってきた。

ため息をついた瞬間、研究室の扉が勢いよく開かれ、慌てた足音が室内に飛び込んできた。

それにロザンナが反応するよりも先に、視界いっぱいに美麗な顔が現れ出る。

「ロザンナ、迎えにきたぞ」

「ア、アルベルト様」

ソファーに寝転ぶロザンナを、見下ろしてきたのはアルベルトだ。顔の距離が近いため、ロザンナは身を起こすことができず、寝転んだままアルベルトに話しかけた。

「わざわざいらしたのですか？」

「あぁ。ピアからロザンナが院長にこき使われたって聞いたら、待っていられなかった。立てるか？」

「こ、この状態では立てません！」

ロザンナは顔を赤らめながらアルベルトの胸元に手をつき、アルベルトは楽しそうに笑いながらロザンナを引っ張り上げた。

力を借りてゆっくりと身体を起こしてもうひとつ焼き菓子を頬張ってから、ゴルドンに対して「ありがとうございました」と頭を下げ、ロザンナはアルベルトと共に研究室を出た。

「魔法院での実習はどうだった？」

「大変でした。診療所が、恋しくなってしまうほど」

「そうか」

ポツポツと今日あったことを聞いてもらいながら外に出ようと進んでいくと、玄関近くで「アルベルト様」と呼び止められた。

うんざりするほど聞き覚えのある声に振り返れば、駆け寄ってきた院長がアルベルトの前で頭を下げた。

「いらっしゃっていたのですね。気がつかず、ご挨拶も遅くなり、失礼いたしました」

アルベルトが「いえ」と呟くと同時に院長は顔を上げ、うっとりとした顔で言葉を続ける。

「本当に今日はロザンナさんに助けられました。これはもう使命というべきか。聖魔法師になるべくして生まれてきたようなお方です。将来、彼女の活躍で多くの人々が救われることでしょう」

院長の雄弁な喋りに、ロザンナは囲まれたときに言われた言葉を思い出し、不安になっていく。

王妃としてではなく、聖魔法師として生きるべきではないか。聖魔法師として活躍すれば、国の安定にもつながり、次期国王の追い風となれる。

投げかけられた多くの言葉を受け止めるだけで精一杯で、なにも言えずにいたロザンナへ「妃としては、どのようにアルベルト様を支えていくおつもりですか？」と、鋭く問いかけてきた。

その瞬間、聖魔法師としては役に立つが、それ以外では無能だと言われたような気持ちにさせられ、少しばかり気持ちが塞ぎ込んでしまった。

また同じことを言うのではと、気が気じゃない様子でロザンナが院長を見つめていると、横でぽつりとアルベルトが呟いた。

「……あぁ、きっとそうなるだろうな」

未来を予想する言葉が切なく響く。言い知れぬ不安にロザンナの顔が強張り、一方、院長は笑みを深めた。

「さすがアルベルト様！　そうなのです。城に閉じ込めてしまうのはもったいないほどにロザンナさんには才能がおありなのですから、ぜひ魔法院に。そして、この前お話ししました件につきましても……」

嬉々として希望を口にし始めた院長だったが、アルベルトから鋭く睨みつけられ、言葉をのみ込む。

「失礼する」

冷たく言い放ち、アルベルトはロザンナの肩に手を回して歩きだした。

足早に魔法院を出ると、待機していた騎士団員がすぐさま歩み寄ってきて、先導されながら移動時に使っているいつもの立派な馬車へ。御者も即座にこちらに気づき、馬車の戸を開けてくれた。

今日の授業はもうないため、「このまま城に戻る」とアルベルトが告げて、中に乗り込む。向かい合わせで座席に腰かけても、アルベルトは険しい顔を崩さない。

院長の「この前お話しした件」とは第二妃のことで、それについて考えているのではとロザンナは不安を募らせる。

「言っておくが、俺は妻となったロザンナを城に閉じ込めるつもりはない。……腕の中には終始閉じ込めておきたいが」

最後にぽつりと追加された本音に不安が一蹴される。一転して笑ってしまったロザンナの右手を、アルベルトが両手で包み込む。

「ひとつ聞いてもいいか?」

「はい。もちろんです」

「ロザンナは魔法院で聖魔法師として活動していきたいと考えているのか？」

王妃としてか、それとも聖魔法師としての未来をより強く望むのかを問われているような気がして、ロザンナは思わず黙り込む。

アルベルトが望む返答は、「考えていない」かもしれない。彼に一番大切にされたいならそれが正解なのだろうけど、……ロザンナは自分の中にある思いを素直に口にした。

「魔法院でと限ったことではなくて、ただ純粋にこの力で誰かの笑顔が守れるのならそうしたいと思っています」

診療所でののんびりとしたひとときを頭の中に思い浮かべながら打ち明けると、アルベルトは優しく微笑んで、頷く。

「ロザンナならそう言うと思った」

受け止めてもらえてホッとする。しかし同時に第二妃の件もあるため、それでは愛想を尽かされてしまうのではと怖くなり、今度はロザンナがアルベルトの右手を両手でしっかりと握りしめた。

「でも、これだけは信じてください。私が一番笑顔でいてほしい相手はアルベルト様です。だから、あの……」

私だけを見ていてください。

しかし、もっとも続けたかった言葉は喉元でつかえてしまう。頬を赤らめながら顔を逸らしたロザンナにアルベルトは嬉しそうに笑うと、そっと頬に口づけた。

その行為も恥ずかしいというのに、窓の向こうで並走して馬を走らせている騎士団員と目が合い、さらにロザンナは顔を熱くする。

アルベルトは気にすることなく、艶めいた眼差しをロザンナに送り続けた。

「実はもうひとつ、聞いてもらいたいことがあるんだ」

「な、な、なんでしょう」

「学生の間に結婚式を挙げたい。一分でも一秒でも早く、婚約者から妻になってほしい」

結婚式は卒業してからの話だった。どうしてと考え、ふっと思い浮かんだことがあった。

第二妃をという院長からの提案を受け入れるつもりだとしたら。

第二妃選定を開始するためにも、体面上、ロザンナとの結婚式を早急に済ませる必要があるのかもしれない。

「気乗りしないか？」

「いっ、いえ！　ちょっと急だったからびっくりしただけです」

「院長は、どうしても俺からロザンナを奪いたいらしい。もちろん俺は全力で阻止するだけだが」

アルベルトは眉根を寄せて苛立ちをあらわにしたかと思えば、宣戦布告でもするかのようににやりと笑う。そしてレースのカーテンを引いて外からの視線を遮って、ロザンナへと抱きついた。

「ロザンナは俺のものだ」

驚きの声は深い口づけに奪われて、城に着くまでずっと、ロザンナはアルベルトにとびきり甘く、ときには淫らに翻弄され続けた。


忙しない日々を送り二週間後、朝のいつもの時間にアルベルトと共に馬車に乗り、ロザンナはアカデミーへ向かう。

曇天のせいか普段よりも景色が暗く感じ、気持ちも上がらず、先日の実習から残っている精神的な気怠さに小さく息をつく。

昨日、次回の実習の選択先に関する説明があった。概ねいつも通りではあったのだけれど、魔法院にだけ実習内容に追加記述があり、学生たちに動揺が走ることに。

前回までは「診察、治癒の補助」だけだったところに新たに加わったのは、「騎士団員訓練遠征の付き添い補助」という項目。

魔法院での聖魔法師は、内勤、外勤のふたつに大きく分類される。内勤は院内で患者を診察する者たち、外勤は騎士団員と共に医療班として戦地に赴く者のことだ。

騎士団員と行動を共にし、戦闘にもなれば自分自身も危険にさらされるので、より高い能力が求められる。

そのため、聖魔法師の資格を有する者ですら内勤で十分に力をつけてから外勤の任に就くという流れが主だというのに、そこに未熟な学生が実習で入るだなんてありえない話なのだ。

そんな矢先、学長から呼び出しがかかり、ロザンナは「魔法院から、訓練遠征の付き添い補助はロザンナさんにお願いしたいと指名がありました」と聞かされることに。

魔法院での実習は前回で終わりにしようと思っていたため断るも、「あれはロザンナさんのために追加された項目らしく、……今回だけでも参加してもらえませんか？」と困り顔をされてしまったのだ。

「ロザンナ、気分でも悪いのか？」

アルベルトからの呼びかけでハッとし、ロザンナは無意識に寄っていた眉間を元にぐさま御者へ声をかける。
苦笑いで窓の外へと目を向けた瞬間、視界に飛び込んできた光景に、ロザンナはす
「いえ。なんでもありません。お気になさらないで……あっ。どうしたのかしら。すみません、止まってください！」

戻す。


「どうした？」

「そこに、具合の悪そうな男性が」

停止した馬車からロザンナは慌てて飛び降りた。城からアカデミーまでの道のりに小さな橋がひとつあるのだが、それを渡り終えた先に植わっている木の根元にふらりと倒れ込んだ男性の姿があったのだ。

気づいてしまった以上、知らんぷりなどできないロザンナは、急いで男性に駆け寄る。

「大丈夫ですか？」

ロザンナが地面に膝をついて問いかけると、男性の顔がゆらりと持ち上げられ、虚ろな目が向けられる。

しかし、相対した瞬間、心配は無用だったかもとロザンナの口元が引きつる。三十

代前半と思われるこの男性から酒の匂いが漂ってきたからだ。

「あぁ、きれいなお方が俺を心配してくださっている。もしかして、あなたは天使ですか」

「あ、あの」

「すみません。道をお伺いしたく……えーっと……パロウンズ城はこっちで合っていますか？　いや、プローズ城だったかな？」

男性はぶつぶつ喋りながら、すがるようにロザンナの手を掴んできた。なれなれしく触れられたことにロザンナが背筋を震わせたとき、男性の喉元へ鋭く輝く刃先がすっと押し付けられた。

肩越しに振り返ると、背後にはアルベルトと護衛の騎士団員。剣を突きつけているのは騎士団員ではなく、冷ややかな顔で見下ろしているアルベルトのほうだ。

「ロザンナから手を離せ、酔っ払い」

低く響く声から怒りが伝わってきて、男性は慌ててロザンナから手を離し、酔いが覚めたかのように顔色を悪くさせた。

「失礼しました。悪気はありません。どうか信じてください」

震えながら謝罪しその場で平伏した男性が、少しばかり気の毒にも見えてきて、ロザンナはアルベルトに笑いかける。

「アルベルト様、私は平気ですから」

「……ア、アルベルト様⁉」

しかし、男性はロザンナが呼びかけた名前を聞いてさらに顔を青くさせ、再び額を地につけた。

「クローズ・サントルスと申します。先日使者の方よりご用命をお預かりした宝飾工の息子です」

アルベルトには心当たりがあるようで、すぐさま「あぁ」と剣を鞘に納め、剣呑《けんのん》だった雰囲気まで和らげた。

「遠路はるばる来てくれたのだな、ありがとう。明後日と聞いていたが、その様子だとどうやら昨晩にはすでに到着していたようだ」

「す、すみません！　到着したのは夜更けで、それに久しぶりに王都に来たので、嬉しくなってしまって、お酒を少しだけ」

「少しだけ」という申告に疑いの眼差しを向けつつ、アルベルトは質問を重ねる。

「頼んだものは、ちゃんと持ってきているのだろうな？」

「ええ。もちろんです！」

　アルベルトの辛辣な声音にもクローズは笑って答えて、己の胸元をポンポンと叩いた。

「頼んだものとは？」

　気になってついロザンナが口を挟むと、アルベルトにも笑みが戻ってくる。

「結婚式に必要なものを持ってきてもらったんだ。俺は城に戻るが、ロザンナはどうする？」

　ロザンナは考えを巡らせたあと、にこりと微笑む。

「私もアルベルト様と一緒に、遅刻することにします」

　結婚式に関わるものならば、自分もそれを見ておきたいと、すぐさま決断した。

　アルベルトとロザンナが共に馬車へ戻り、騎士団員は乗っていた馬の手綱を引き、馬上には気持ち悪そうな顔のクローズ。

　クローズを気遣い、さきほどよりも速度を落として、一行は城に戻っていく。


　城につくと、三人はそのまま応接間へと場を移す。国王夫妻が姿を現し、着席したところで、やっとクローズは胸元から長細い箱をふたつ取り出した。

　慎重な手つきで蓋を開けると、そのどちらにもネックレスが入っていた。共に台座にはめられているのは爪よりふた回りほど大きい、透明度の高いクリスタルだ。

「アルベルト王子がアカデミーに入学する前から、ポノノクスの巣を探し回り始めて、なかなか大変でしたが、三ヶ月前にひとつ目、一ヶ月前にふたつ目をやっと見つけ出せました」

ポノノクスはカークランド北部に生息している真っ白の小さな鳥で、非常に強い風の魔力を持つ。

番《つが》いはとても仲睦まじく、愛情深い鳥としても有名で、夫婦円満の象徴ともされている。

愛しい相手への贈り物にポノノクスの羽を添えるとよいとされ、きれいな白い羽が売られているのを店先でよく見かける。しかし今、テーブルの上にはクリスタルしかなく、たまらずロザンナはクローズに確認する。

「実は噂で、ポノノクスの卵の殻はクリスタルでできていると聞いたことがあります。もしかして、本当なのですか?」

「殻の全部ではなく、一部分がまれにクリスタルへ変化することがあるのです。奇跡の産物ですよ」

「そうだったのですね。すごいわ」

驚きを隠せないロザンナに、クローズは少し得意げな表情を浮かべた。

「巣に近づくのが本当に大変なのです。ポノノクスは普段おとなしいのですが、産卵期は豹変して凶暴に。うかつに近寄ったら命を落とします。子どもの頃からポノクスと共に生きてきて慣れ親しんでいる私でも、実際死にかけていますし」

クローズは苦笑いしながら、アルベルトとロザンナの前にそれぞれネックレスが入った箱を置く。

「しかし、王家の婚姻に関われることは、我がサントルス一族の誇りでもあります。アルベルト様、ロザンナ様、遅くなりましたが、ご婚約おめでとうございます。まだまだ未熟者ですが、精一杯心を込めて作らせていただきます」

アルベルトとロザンナは「ありがとう」と感謝の言葉を述べて、同時にネックレスを手に取った。

すると、どこからか吹き込んできた暖かな風が、それぞれの頬を撫でていく。驚いた様子で顔を見合わせたふたりを、国王夫妻が温かな眼差しで見つめている。

これを結婚式で身につけるのだろうか。ロザンナがそんな予想を立てながら、渡されたクリスタルへ視線を落としたとき、クローズがにやりと笑った。

「これには、ポノノクスの魔法がかけられているんですよ」

「ポノクスの魔法、ですか？」

「そうです。別名、恋の魔法」

瞬時に表情を強張らせたロザンナに、クローズは笑いを堪えきれない様子で肩を揺らし、アルベルトが「おい」と不機嫌な声を発する。

クローズはハッと真顔になってから、ゴホンと咳払いした。

「これに関しては、実際に経験しておられる国王様と王妃様のほうが詳しいかと」

そう言って、クローズが国王夫妻に笑いかけると、アルベルトとロザンナもつられて顔を向ける。国王は鷹をあしらったブローチを、王妃はパールが何重にも連なった豪奢なチョーカーを外して、テーブルに置く。

ブローチには青々と輝く、チョーカーにはは存在感のある燃えるような赤い宝石がついていて、とても目を引く。

「私は火、王妃は水の魔力を持つ。これらは私たちが互いを想い生み出した守護石だ。お前たちの手元にあるその石も、気持ちを込めればやがて色を持って輝き、永遠の愛を誓う結婚式では、相手の想いが込められた石を身に付けることになる」

国王夫妻も通ってきた道なのだとわかり、ロザンナが緊張感を覚えたとき、クローズが小声で補足する。

「……それから、場合によっては石に拒否されることもあるそうです」

「拒否ですか？」

「えぇ。想いだったり感情だったり、内面の問題ですかね」

思わず胸元に手を添えて、自分は大丈夫だろうかと考え込んだロザンナを見て、クローズは慌てて首を横に振る。

「大丈夫です。これほど美しいロザンナ様なら心もきれいに違いありません。だからなんの問題もありません。……それでは恐れ入りますが、おふたりとも、一度、クリスタルを握りしめてもらってもよろしいですか？」

クローズの求めに応じて、アルベルトとロザンナはそれぞれにクリスタルを握りしめる。じわりと温もりを感じてロザンナが手を開くと、クリスタルの中に黄色が滲み出していた。同様にアルベルトのクリスタルも赤に染まりつつあり、クローズが「わぁ」とうっとりした表情を浮かべる。

「アルベルト様は火、ロザンナ様は光の魔力をお持ちなのですね。わかりました。おふたりの美しさ同様、優美な装飾品となるよう頑張ります」

持っている魔力に反応するというのなら、アルベルトが研究に利用している魔法薬用のディックに近いと考えていいのかもしれない。ロザンナがそんなことを思っていると、クローズと目が合い、なぜか気まずそうな顔をされる。

「一週間後には守護石に変わっていると思います。なので、その頃にまたお伺いします……えぇと、その……頑張ってください」

深く頭を下げて、クローズは応接間から静かに出ていく。国王と王妃も、テーブルに置いた守護石を再び身につけて、席を立つ。

「すべての準備が整い次第、結婚式を挙げます」

アルベルトの力強い宣言に、国王は「楽しみにしている」と返し、夫婦揃って戸口に向かって歩き出したが、部屋を出るその前に王妃がロザンナを振り返り見た。

「……ロザンナさん、頑張ってね」

最初になにか言いたげな素振りを見せたものの、王妃が発した言葉はそれだけで、そのまま国王に続いて部屋を出ていった。

「さて、俺たちもアカデミーに行こうか」

ゆっくりと閉じていった扉をぼんやり見つめていたロザンナだったが、アルベルトに声をかけられ慌てて立ち上がる。しかし、「あぁ、ちょっと待って」とアルベルトに手を掴まれ、再び椅子へと引き戻された。

「首から下げておいたほうがいい。失くされると困るからな」

見れば、すでにアルベルトはネックレスをつけていて、胸元のクリスタルの薄い赤がきらりと光を反射した。

すぐさまロザンナもネックレスをつけようとしたが、なかなかうまくできず、もたもたしてしまう。

「俺がつけてあげるよ。うしろを向いて」

ロザンナは言葉に甘えてネックレスをアルベルトに手渡し、椅子に腰かけた状態のまま、彼に背中を向けた。

やりやすいように手で髪の毛を束ねて片側に寄せると、あっという間にアルベルトがネックレスの金具を留める。

「ありがとうございます！」

胸元で輝くクリスタルを指先で摘み、嬉しくて微笑んだロザンナの首元へと温かな感触が触れた。くすぐったさが広がった瞬間、首筋にキスされたのだと理解し、頬が熱くなる。

アルベルトににやりと笑われ、ロザンナは「もう！」と膨れっ面で抗議し、じゃれ合いながら席を立つ。

「純白のドレスを身にまとったロザンナはとびきり美しいのだろうな。結婚式が待ち遠しくてたまらない。早く俺の妻と呼びたい」

「あまり期待しすぎないでください。思ったほど似合っていないと幻滅されたら、立ち直れませんから」

「それは絶対にない」

大真面目に否定するアルベルトと、恥ずかしくて茶化したいロザンナ。胸元のクリスタルを色濃くさせながら、ふたりの甘いやり取りはアカデミーに到着するまで続いたのだった。


アルベルトとロザンナの結婚式の準備が始められた話は、あっという間に周囲へと漏れ伝わり、翌日、ロザンナが実習のことをゴルドンに相談しにいくと、魔法院が焦っているという話を聞かされた。

なんでも、魔法院はロザンナを騎士団の討伐にも加われる外勤の聖魔法師として育てたいという考えでいるらしい。そのためには王妃という肩書が邪魔で、どうにかしてアルベルトとの婚姻を邪魔できないか模索しているようだった。

魔法院は国の中枢として機能していると言ってもよい。そのため、表向きは国王よりも院長の地位が下であっても、実際は国王に匹敵するほどの影響力があると言われている。

アルベルトが結婚を早めたのは、きっと魔法院への反発心もあってのことだろうと心の中で納得しながら、ロザンナはゴルドンに「魔法院への実習の参加を断りたい」と告げたのだった。

そしてその日の夜。自室のベッドに腰かけて、黄色から金色へと変わり始めていたクリスタルを眺めていた。

繰り返しの人生でずっと、アルベルトの花嫁になれるマリンをうらやましいと思っていた。自分には手に入らない未来だと諦めていたのに、その幸せが目の前まで来ているのだ。

将来の夢と恋。どちらも手に入れたいと欲張った故に悩んでしまっていたが、恋焦がれていたアルベルトとの幸せに勝るものはない。

聖魔法師になる夢は諦めるべきなのだろう。

心の中で大きな諦めを抱いたとき、触れていたクリスタルが一気に熱くなった。思わず手を離すも、いったいどうしたのかとすぐにクリスタルを確認する。

「これって、もしかして」

ついさっきまで金色に輝いていたそれが、道端に転がっている小石のようなものへと、なぜか変化したのだ。

突然の変化に不安になったロザンナは、魔法薬用のディックにするように力を流し込んでみたり、布で石を磨いてみたり、息を吹きかけてみたりと、さまざまなことを試してみたが反応はなかった。

「どうしよう」

もしかしたら石に拒否されてしまったのかもしれない。

言いようのない不安に陥りながら、ただひたすら元の状態に戻るのを願っていたが、……朝になってもクリスタルはただの灰色の小石のままだった。

アカデミーに向かう馬車の中、向かいに座るアルベルトの胸元にぶら下がっている炎のように赤々とした結晶をじっと見つめ、ロザンナはわずかに肩を落とす。

もしかしたらアルベルトも同じ状態になっているのではと思っていたがそんなことはなく、逆に昨日よりも明らかに色が濃くなり、守護石と呼べるような見た目へ着実に近づいているように思えた。

アルベルトに相談できないまま昼を迎え、ロザンナはレポートで使う資料を探しに図書館へやってきていた。

目ぼしい本を二冊ほど選び終えると、ひと気の少ない本棚の狭間で足を止める。元に戻っていますようにと思いを込めて、ネックレスを襟元から外へと引っ張り出したが、ため息の出る結果に。

元には戻っていない。小石のままのそれに途方に暮れそうになったとき、足音が耳につき、ロザンナはハッと顔を上げる。

「ロザンナさん、探しましたよ」

声をかけられると同時に、ロザンナは慌てて石を胸元に戻したが、嫌な予感に顔が強張っていく。

現れた魔法院の院長に、小石を見られてしまったような気がしてならなかったからだ。

「ご友人に聞いたら図書館にいらっしゃると聞きまして。会えてよかったです」

「私になにか御用でしょうか？」

「次回の実習を断られたと聞き、私自らお願いをしに参った次第であります」

聞いといてなんだが、自分への用事などそれしか思い浮かばず、「でしょうね」と言いたくなるのをロザンナはぐっと堪えた。

「ほかに参加したい実習があるので、すみませんがお断りさせていただきました」

正直に告げると、院長はムッと眉根を寄せた。

「もしかして、アルベルト様から断るようにと指示が？」

「彼がそんなことを言うはずありませんわ」

「そうでしょうか。王子は頑固なところがおありのようですし」

鼻で笑いつつの言い方はアルベルトを小馬鹿にしているようにしか聞こえず、ロザンナは顔をしかめた。

「違います！　アルベルト様には相談すらしておりません。すべて私の考えです」

強い口調できっぱり言い切ると、緊張感を伴った沈黙が落ちた。しかしすぐに院長は蔑みへと表情を変えて、話を変える。

「そういえば、結婚式の準備を始めたと聞きました。今は守護石を育てているところでしょうか？　王族との婚姻はいろいろと決まりごとも多く大変でしょうね」

院長が切り出した一手に、ロザンナはギクリと肩を竦めた。動揺し言葉を発することのできないロザンナに、院長はにやりと笑う。

「ロザンナさんの守護石は、とっても美しいものになるでしょうね。晴れの日に拝見させていただくのがとても楽しみです」

そこまで聞いて、疑問がたしかなものに変わる。石化したクリスタルを院長に見られたのだと。冷静さを失いつつあるロザンナへ、院長はさらなる追い討ちをかけてくる。

「あぁそうそう。ポノクスのクリスタルを用いる理由に、王子に相応しい相手かどうか見極めるためというのも含まれているそうですね。愛情を抱いていない。もしくは邪《よこしま》な思惑があるのを石が感じ取ってしまうと、拒否されてしまう」

アルベルトを恋慕っているし、地位や名誉を得たいがために彼のプロポーズを受けたわけでもない。それなのに、実際に小石に変わったせいか不安と焦りばかりが大きくなっていく。

「そうなったら婚約は破棄されますね」

婚約破棄。言葉の衝撃にロザンナは完全に顔色を失い、発した本人は満足げな笑みを浮かべる。

「あまりしつこくしたら嫌われそうなので、今日はこの辺にしておきます。実習は常に受け入れられる状態としておきますので、考えが変わりましたらお声がけください。それではまた」

院長はお辞儀をして、踵を返した。遠ざかっていく靴音を聞きながら、ロザンナはため息をつく。

院長の言った拒否理由が真実なら、アルベルトにクリスタルのことは言い出しづらい。何度好きだと訴えかけても、心ではそう思っていないのではと彼に気持ちを疑われるかもしれない。

それが切っかけでアルベルトとの間に溝が生まれたら悲しいし、第二妃選定へと彼の気持ちが一気に傾いても嫌。

アルベルトを失いたくない。だから言えない。

これまでは、繰り返してきた九回の人生から、よりよい未来を得るためにはどうすべきかある程度予測することができた。けれど、アルベルトとの人生は初めてのこと。どうしたらいいのかわからないし、このまま破滅へと向かっていってしまう気がして、怖くて動けなかった。

ロザンナはすっかり不安に陥り、三日も無駄に過ごした。

しかし明後日には、クローズが守護石を引き取りにやってくる。このまま元に戻らないなら、公になる前にアルベルトへ打ち明けておくべきなのではという考えに。

アカデミーから城に戻ってきて、もうすぐ夕食の声がかかる時刻。

幻滅されるかもしれないという怯えにロザンナは気落ちしながらも、できたら今日中にアルベルトに話を聞いてもらおうと心に決めて、座っていたソファーから立ち上がる。

今日、アルベルトは午後からアカデミーを離れ、騎士団の仕事にあたっている。しかしそろそろ自室に戻ってきてもいい時間だ。

アルベルトの部屋へ向かおうとしたそのとき、トゥーリが慌ただしく室内に飛び込んできた。

「ロザンナお嬢様、大変です。第二騎士団がサラマンダーの群れに襲われて重傷者が出ていると」

「第二騎士団が……アルベルト様は今どこに?」

第二騎士団を率いているのはアルベルトだ。彼ならきっと大丈夫だと思うのに、もしかしたらという嫌な予感で胸が締め付けられる。

次の言葉を身動きもせずに待っていると、トゥーリが重々しく話しだした。

「アルベルト様もお怪我をされたようです。魔法院に運び込まれたと城中大騒ぎです」

すぐさまロザンナはなりふりかまわず走りだす。部屋を、そして城をも飛び出すと、ちょうど馬小屋に向かっていたのか、馬を引き連れて歩いていた馴染みの御者を視界に捉え、懸命に駆け寄っていく。

「お願いです。私を魔法院に！」

突然現れたロザンナに御者はほんの一瞬驚いてみせたものの、すぐに「かしこまりました」と力強く頷いたのだった。

用意された馬車に乗って魔法院に向かう道中、ロザンナは両手を組んで祈りを捧げる。

アルベルトを失いたくない。どうか間に合ってほしい。

十回目のこれからの人生は、アルベルトと共に生きると決めたのだ。この力を今こそ発揮できなくてどうする。

飛ぶように進んでいた馬車が止まり、御者が扉を開けた。不安に折れそうになる心を必死に奮い立たせて、ロザンナは魔法院の前に降り立った。

第二受付前は、一年の実習のときを彷彿とさせる光景が広がっていた。サラマンダーは火を吹くため、手や足が焼けただれている団員たちも多く、見知った顔が床の上で苦しく呻く姿を見るのはつらい。

「ロザンナさん、来てくださったんですね。ありがとうございます。助かります」

前方から近づいてきた院長に、ロザンナは軽く頭を下げる。そのままアルベルトの所在を問おうとしたが、院長のほうが早く口を開いた。

「騎士団員が討伐の任についていたらしいのですが、帰りがけにサラマンダーに襲われたようです。怪我人が多く、手を貸していただきたい」

「ええ。もちろんです。私にできることがあるなら、いくらでもお手伝いいたします。でもその前に、アルベルト様は今どこに？　彼に会わせてください。アルベルト様も怪我をされたと聞きました。どのような状態ですか？　きちんと治癒にあたってくださっていますよね？」

ロザンナにものすごい気迫で詰め寄られ、院長がじりじりとあとずさりする。

「ロザンナさん、少し落ち着いてください」

「落ち着いてなんていられません！　アルベルト様になにかあったら、私……私……」

涙で視界が滲んだそのとき、うしろから伸びてきたたくましい右腕がロザンナをそっと抱きしめた。

「すまない。心配させてしまったようだな」

声音を耳にしただけで、涙がポロリと零れ落ちていく。ロザンナは振り返って、しっかりとアルベルトの姿を確認する。左腕は包帯が巻かれ、右足にはうっすらと切り傷も。よくよく見ると前髪に、わずかに燃えた跡があった。

「情けない姿になってしまったが、これぐらいなんとも……」

「アルベルト様！」

たまらずロザンナは、アルベルトに抱きついた。

安堵感で涙が止まらず、痛々しく見えるその傷を自分がすべて癒すことができたらいいのにと、心の限り願った。

「……ロ、ロザンナ」

耳元でぽつりと響いたアルベルトの唖然とした声に、ロザンナは抱きついていた胸元から顔を上げて、思わず目を見開く。まるで雪のように、白くまばゆい光がはらはらと舞い落ちてきていたからだ。

その場にいた皆が天井を見上げてぽかんとしていたが、徐々に至るところで歓喜の声があがり始める。さっきまで呻き声をあげていた団員たちが次から次へと立ち上がり、ただれていた肌がみるみる再生する者や、松葉杖を手離してその場で飛び跳ねる者もいる。

「……痛みが引いていく」

アルベルトがぽつりと呟いて、包帯を巻いている左腕に視線を落とした。

「もう大丈夫なのですか？」

「あぁ。やっぱり、ロザンナはすごいな」

「私はなにも」

「そんなわけないだろ」

アルベルトからの指摘でロザンナは自分の手が……手だけじゃなく、身体全部が光り輝いていることに気づいて、無意識下での魔力の発動に今さらながら慌てふためく。わたわたしているうちに身体の輝きは消えたが、代わりに胸元に熱を感じ、ハッとする。

クリスタルが小石になったあのときの熱さに似ていたため、期待と共に襟元からネックレスを引っ張り出したのだが、ロザンナはすぐに後悔する。小石のままだったからだ。

「ロザンナ、それは……」

おまけにアルベルトにしっかり見られ、ロザンナは表情を暗くさせながら謝罪の言葉を口にした。

「ごめんなさい。実は、クリスタルが小石になってしまって……。守護石にするどころか、石に拒否されたみたい」

「拒否、された？」

衝撃を受けたような顔でアルベルトが呟くと、すぐそばから嬉しそうな声が割って入ってきた。

「ロザンナさんはどうやら、守護石に認めてもらえなかったようです。しかし、残念がることはありません。これほど素晴らしい才能があるではないですか。ロザンナさんが聖魔法師としての道を進み、あなたの頼もしい忠臣となれば、間違いなく国はよくなります」

院長の言葉で、傷が癒えたばかりの騎士団員や治癒にあたっていた聖魔法師たちがざわめきだす。そんな中、院長が高らかに提言した。

「いい機会です。婚約を解消し、ロザンナさんを自由にして差し上げたらいかがでしょう」

場がしんと静まり返る中で、アルベルトはロザンナと向き合う。

「こんなことになっていただなんて。……もしかして、俺との婚約が負担となっていたのか？」

「いいえ。誓って違います。私は心から、アルベルト様をお慕いしております。気持ちに嘘もごまかしもありません。きっと私があなたに相応しくなかったのでしょう」

「バカ。そんなわけあるか」

そのままアルベルトの腕にきつく抱かれ、再び涙が頬を流れ落ちたとき、ふっとある違和感に気がついて、ロザンナはネックレスのチェーンを摘んで石を持ち上げた。

わずかだがヒビが入っていて、その細い隙間が光っている。見つめる先で、まるで卵が孵化《ふか》する瞬間のように亀裂が徐々に増えていき、やがてパラパラと石の殻が剥け落ち、金色に輝く宝石が目の前に現れた。

守護石だ。ロザンナはそう感じ、アルベルトへと視線を上げる。彼も同じことを思ったらしく、ロザンナへ微笑み返す。

そしてロザンナとアルベルトは同時に院長をじろりと見やる。院長は息を詰めて、気まずそうにあとずさりしたが、アルベルトに「待て」と呼び止められ、その場で身を強張らせた。

「肝心なことをわかっていないようだからハッキリ言っておくが、金輪際、おかしな提案を父上にしないでいただきたい。たとえ守護石に拒否されても、俺はロザンナじゃないと嫌だし、ロザンナだけでいい。聖魔法師にはロザンナ以外もなれるが、俺の花嫁はロザンナしかなれないってことを、よく覚えておけ」

アルベルトへと騎士団員から拍手が上がる中、院長は「申し訳ありませんでした」と悔しげに謝罪したのだった。

そして翌々日、バロウズ城の応接間。守護石を引き取りに来たクローズから、とびきり大きな驚きの声が上がる。

「まさか自力で魔力を打ち破ってしまうなんて。実は、花嫁の石には簡単に守護石へ変化しないよう大地の魔力によって細工がされていたのです。普通はこの木槌《きづち》で目いっぱい叩いてやっと守護石を取り出すのですけど……アルベルト様は並外れた婚約者をお持ちですね」

聞かされた真実に唖然とするロザンナへ、同じテーブルについている王妃は申し訳なさそうに話しかけた。

「ごめんなさいね。これは教えてはいけない決まりで。私も当時は、自分は相応しくないかもと自信を失って、とっても悩んだわ。でも愛さえあれば、乗り越えられる。だから私はふたりも大丈夫だと思っていたけど」

「結局、ロザンナひとりで乗り越えさせてしまったようなものだけどな。石のことに気づかず、すまなかった」

アルベルトの謝罪にロザンナは首を横に振って、最後は微笑み合った仲のいいふたりを見つめていた王妃が、「ふふっ」と思い出し笑いをした。

「アルベルトのせいで、院長が荒れているようですよ。ロザンナさんは聖魔法師になるべく生まれたのに、あの青二才めって」

「俺だってロザンナのすごさは身をもって知っている。研究も手伝ってもらっているし……だけど、ロザンナを外勤にと考えているから魔法院だけは嫌なんだ。騎士団だって優秀な者ばかりではないし、危ない目に遭うのを避けることもできない。俺がいつでも守れるように、ロザンナには目の届くところにいてほしい」

アルベルトの気持ちを聞いて、そんなふうに想ってくれていたのかとロザンナは胸を熱くさせる。

「いっそ、城の近くにロザンナの診療所を作るのはどうだろう。ロザンナはそっちのほうが似合っている」

続けて飛び出した提案に、思わずロザンナは椅子から立ち上がる。いつかぼんやり思い描いた夢が、アルベルトによって現実味を帯びていく。ロザンナの胸は期待で膨らみ、感激で身体まで震えた。

「その言葉、とっても嬉しいです。診療所、夢だったんです！」

「よかった。そっちはちゃんと気づけていた。卒業する前に実現できたら、院長を完全に黙らせられるかな。でもその前に結婚式を済ませて、俺の妻にしておかないと」

ロザンナが作り出した守護石をまじまじと見つめながら、アルベルトが語る今後の計画に「大変そうですね」とクローズが呟く。

するとアルベルトは爽やかに微笑んだ。

「あぁ、ロザンナは本当に大変だと思うよ。光の魔力だけでなく、俺にまで愛されて」

破壊力のあるセリフに、ロザンナは顔を真っ赤に染め、クローズは思わず守護石を取り落としそうになり、王妃は「あらあら」と笑ったのだった。


それから半年後、バロウズ城にて。たくさんの祝福のもと、アルベルトとロザンナの結婚式が盛大に行われた。

ふたりの胸にはディックの花を模したブローチがあり、それぞれ金色と赤の守護石が輝いている。見目麗しいふたりの姿に観衆は大いに沸き立ち、誓いのキスのその瞬間は人々の記憶にいつまでも残り続けた。

END

あとがき

こんにちは、真崎奈南です。この度は、『ループ10回目の公爵令嬢は王太子に溺愛されています』をお手に取ってくださり、ありがとうございました。

プロットの取り掛かりから本編を書き終えるまで、ワクワクが止まらなかった本作を、こうして書籍にしていただけることになり、感無量です。読者さまにワクワク伝われ～と祈りながら、あとがきと向き合っております。あとがき、正直苦手です。

本作を執筆していた頃、心霊スポット散策?系の動画を見始め、完結後は見事どっぷりはまってしまっていました。お店で買い物をして外に出ようとした時です。自動ドアが閉まりかけていて、でも近付けば開くだろうとそのまま突き進んでいったのですが、目の前で完全に閉まってしまって、なぜか開かない。外に出られなくて困っていたら店員さんが来てくれて、不思議そうな顔で「なんでロックかかったんだろう」と。その瞬間、やばい、心霊動画見過ぎて呪われたと、本気で焦りました。

ちなみに私、過去二回自動ドアに挟まって動けなくなったことがあります。……みなさんも、もちろんありますよね？

書籍の話に戻ります。番外編、約二万文字書きました！　頑張った！　それなりに文字数あるので、読みごたえもあるのではと思います。なに書こうとなって最初に思い浮かんだのは、『王子様、はやく結婚したくてたまらない』でした。もともと、アルベルトはロザンナとはやく結婚したくてたまらなかったので、魔法院院長からの横やりが入って、結婚をはやめる理由ができたとほくそ笑んだことでしょう。どうか番外編までお楽しみいただけますように。

書籍化にあたり、お世話になりました担当の丸井さま、華やかで可愛らしいイラストを描いてくださいました茶乃ひなの先生、本書の制作にかかわってくださった方々、そしてお読みくださった読者の皆さまに、この場を借りて御礼申し上げます。

それではまた、皆さまにお会いできる日を願って。

真崎奈南《まさきなな》

真崎奈南先生への
ファンレターのあて先

〒104-0031
東京都中央区京橋1-3-1
八重洲口大栄ビル7F
スターツ出版株式会社　書籍編集部　気付

真崎奈南先生

本書へのご意見をお聞かせください

お買い上げいただき、ありがとうございます。
今後の編集の参考にさせていただきますので、
アンケートにお答えいただければ幸いです。

下記URLまたはQRコードから
アンケートページへお入りください。
https://www.berrys-cafe.jp/static/etc/bb

ループ10回目の公爵令嬢は
王太子に溺愛されています

2021年1月10日　初版第1刷発行

著　者　真崎奈南
©Nana Masaki 2021
発行人　菊地修一
デザイン　カバー　AFTERGLOW
フォーマット　hive & co.,ltd.
校　正　株式会社　文字工房燦光
編　集　丸井真理子
発行所　スターツ出版株式会社
〒104-0031
東京都中央区京橋1-3-1　八重洲口大栄ビル7F
TEL　出版マーケティンググループ　03-6202-0386
(ご注文等に関するお問い合わせ)
URL　https://starts-pub.jp/
印刷所　大日本印刷株式会社

Printed in Japan

乱丁・落丁などの不良品はお取替えいたします。
上記出版マーケティンググループまでお問い合わせください。
定価はカバーに記載されています。

ISBN 978-4-8137-1033-2　C0193

ベリーズ文庫 2021年1月発売

『183日のお見合い結婚～御曹司は新妻への溺甘な欲情を抑えない～』　藍里《あいさと》まめ・著

OLの真衣はある日祖父の差し金でお見合いをさせられるはめに。相手は御曹司で副社長の柊哉だった。彼に弱みを握られた真衣は離婚前提の契約結婚を承諾。半年間だけの関係のはずが、柊哉の燃えるような独占欲に次第に理性を奪われていく。互いを縛る「契約」はいっそう柊哉の欲情を掻き立てていて…!?

ISBN 978-4-8137-1027-1／定価：本体650円＋税

『大正蜜恋政略結婚【元号旦那様シリーズ大正編】』　佐倉伊織《さくらいおり》・著

時は大正。子爵の娘・郁子は、家を救うため吉原入りするところを、御曹司・敏正に助けられる。身を寄せるだけのはずが、敏正から強引に政略結婚をもちかけられ、郁子はそれを受け入れ、仮初めの夫婦生活が始まる。形だけの関係だと思っていたのに、独占欲を刻まれ、身も心もほだされてしまい…!?

ISBN 978-4-8137-1028-8／定価：本体640円＋税

『離婚予定日、極上社長は契約妻を甘く堕とす』　砂原雑音《すなはらのいず》・著

秘書のいずみは、敏腕社長の和也ととある事情で契約結婚をする。割り切った関係を続けてきたが、離婚予定日が目前に迫った頃、和也の態度が急変！淡々と離婚準備を進めるいずみの態度が和也の独占欲に火をつけてしまい、「予定は未定というだろ?」と熱を孕んだ瞳で大人の色気全開に迫ってきて…!?

ISBN 978-4-8137-1029-5／定価：本体650円＋税

『政略夫婦の授かり初夜～冷徹御曹司は妻を過保護に愛で倒す～』　田崎《たさき》くるみ・著

OLの未来は、父親の会社のために政略結婚することに。冷徹だと噂されている西連地との結婚を恐れていたが、なぜか初夜から驚くほど優しく抱かれ…。愛を感じる西連地の言動に戸惑うが、その優しさに未来も次第に惹かれていく。そんな折、未来の妊娠が発覚すると、彼の過保護さに一層拍車がかかり…!?

ISBN 978-4-8137-1030-1／定価：本体650円＋税

『最後の一夜のはずが、愛の証を身ごもりました～トツキトオカの切愛夫婦事情～』　葉月《はづき》りゅう・著

ウブな社長令嬢・一絵は一年前、以前から想いを寄せていた大手広告会社の社長・慧と政略結婚した。しかし、夜の営みとは無縁で家政婦状態の結婚生活が苦しくなり離婚を決意。最初で最後のお願いとして、一夜を共にしてもらうとまさかのご懐妊…!?　しかも慧は独占欲をあらわにし、一絵を溺愛し始めて…。

ISBN 978-4-8137-1031-8／定価：本体660円＋税

ベリーズ文庫 2021年1月発売

『転生悪役幼女は最恐パパの愛娘になりました』 桃城《ももしろ》猫《ねこ》緒《お》・著

5歳の誕生日に突然前世の記憶を取り戻したサマラ。かつてプレイしていた乙女ゲームの悪役令嬢に転生していたと気づく。16歳の断罪エンドを回避するには世界最強の魔法使いである父・ディーに庇護してもらうしかない！　クールで人嫌いな最恐パパの愛娘になるため、サマラの「いい子大作戦」が始まる！

ISBN 978-4-8137-1032-5／定価：本体660円＋税

『ループ10回目の公爵令嬢は王太子に溺愛されています』 真崎《まさき》奈《な》南《な》・著

王太子妃候補だけど、16歳で死亡…の人生を9回続けている令嬢のロザンナ。地味に暮らして、十回目の人生こそ死亡フラグを回避して人生を全うしたい…！と切に誓った矢先、治癒魔法のチートが覚醒！　おまけに王太子からの溺愛も加速しちゃって…!?　こうなったら、華麗に生きていきましょう！

ISBN 978-4-8137-1033-2／定価：本体660円＋税

ベリーズ文庫 2021年2月発売予定

Now Printing

『遅ればせながら、溺愛開始といきましょう』 水守《みずもり》恵蓮《えれん》・著

父が代表を務める法律事務所で働く葵は、憧れの敏腕弁護士・櫂斗に突然娶られる。しかし新婚なのに夫婦の触れ合いはなく、仮面夫婦状態。愛のない政略結婚と悟った葵は離婚を決意するが、まさかの溺愛攻勢が始まり…!? 欲望を解き放った旦那様から与えられる甘すぎる快楽に、否応なく飲み込まれて…。

ISBN 978-4-8137-1042-4／予価600円＋税

Now Printing

『裏腹な社長のワケありプロポーズ』 紅《くれない》カオル・著

地味OLの実花子は、ある日断り切れず大手IT社長の拓海とお見合いをすることに。当日しぶしぶ約束の場に向かうと、拓海からいきなり求婚宣言されてしまい…!? 酔った勢いで結婚を承諾してしまった実花子。しかもあらぬことか身体まで重ねてしまい…。淫らな関係＆求婚宣言から始まる溺甘新婚ラブ！

ISBN 978-4-8137-1043-1／予価600円＋税

Now Printing

『院内結婚は極秘事項です！』 宝月《ほうづき》なごみ・著

恋愛下手な愛花は、ひょんなことから天才脳外科医の純也と契約結婚をすることに。割り切った関係のはずだったが、純也はまるで本当の妻のように愛花を大切にし、隙をみては甘いキスを仕掛けてくる。後輩男性に愛花が言い寄られるのを見た純也は、「いつか必ず本気にして見せる」と独占欲を爆発させ…!?

ISBN 978-4-8137-1044-8／予価600円＋税

Now Printing

『没落令嬢は財閥の総帥に甘く愛される』 滝井《たきい》みらん・著

没落した家を支えるためタイピストとして働く伯爵家の次女・凛。ある日男に襲われそうになったところを、同僚の政鷹に助けられる。そして政鷹の正体が判明！ 父親の借金のかたに売られそうになった凛を自邸に連れ帰った政鷹は、これでもかというくらい凛を溺愛し…!? 元号旦那様シリーズ第2弾！

ISBN 978-4-8137-1045-5／予価600円＋税

Now Printing

『エリート弁護士の溺愛志願～私も娘もあなたのものにはなりません!～』 砂川《すながわ》雨路《あめみち》・著

弁護士の修二と婚約中だった陽鞠は、ある理由で結婚目前に別れを決意。しかしその時、陽鞠は修二の子どもを身ごもっていて…。ひとりで出産した娘・まりあが2歳になった冬、修二から急に連絡がきて動揺する陽鞠。意を決して修二に会いに行くと、熱い視線で組み敷かれた上に、復縁を迫られて…!?

ISBN 978-4-8137-1046-2／予価600円＋税

タイトル、価格等は変更になることがございますのでご了承ください。